D E A R + N O V E L

秋霖高校第二寮 1

月村 奎
Kei TSUKIMURA

新書館ディアプラス文庫

S H I N S H O K A N

秋霖高校第二寮 1

目次

イラストレーション／二宮悦巳

秋霖高校第二寮

シュウリンコウコウダイニリョウ

「……ぎゃーっ！」

自分の悲鳴と、その原因となった足の痛みで目が覚めた。

「あ、ごめーん。こんなとこに足があるとは思わなくて」

能天気な声とともに、男にしては整いすぎた卵形の顔が、にっこりと僕を覗《のぞ》き込《こ》んできた。

「あらあら、やっとお目覚め？」

反対側から、そっくり同じ（違うのは髪の長さと性別だけだ）きれいな顔がにゅっと出てきた。

状況把握《はあく》に戸惑《とまど》いつつ、ここはどこ？　私は誰？　と三回ほど瞬《まばた》きをしたら、寝起きの頭にエンジンがかかった。

ここは秋霖《しゅうりん》高校第二寮の居間で、僕は昨日入寮したばかりのぴかぴかの一年生、奥村聡《おくむらさとる》だ。ついでに僕を覗き込んでいる双子《ふたご》は、一学年上の寮生の、ええと確か藤井望《ふじいのぞむ》先輩と美希《みき》先輩。

「……おはようございます」

思いっきり踏《ふ》まれた足をさすりながら、寝起きの顔を観察されているきまり悪さになんとなく赤面しつつ起き上がった。

朝は結構強い方なんだけど、昨夜《ゆうべ》は入寮初日で落ち着かなかったし、精神的なダメージもあってなかなか寝付けなかった。おかげで最初の朝からいきなり寝過ごすはめとなった。

ふと、抹香臭《まっこうくさ》い煙が鼻先をかすめた。

ホットカーペットの上に直《じか》に寝たせいで、ぎしぎし痛む首を捻《ひね》ってぐるりとあたりを見回して、愕然《がくぜん》としてしまった。

僕の寝ていたちょうど頭の位置に、薄汚《うすよご》れた造花の白い菊が一本立ててあって、その隣で線香がおごそかな煙をたなびかせている。

僕のびっくり顔を見たとたん、双子は弾《はじ》かれたように笑いだした。遠慮《えんりょ》も会釈《えしゃく》もない笑い方で、畳《たたみ》をばんばん叩《たた》きながら、きれいな顔を歪《ゆが》めてひーひーいっている。

……いったい何が悲しくって、入寮早々こんな幼稚ないじめにあわなくちゃならないんだ。それに、だいたい朝っぱらからこの騒がしさは何なんだ？

これじゃうちにいたときと全然かわらないじゃないか。

僕はむかつきながら、灰に見立てた白い粉末――どうやら洗濯《せんたく》洗剤らしい――から線香を抜き取り、逆さまにして突き立てた。

「葬式ごっこなんて低俗ないじめ、いまどき中学生だってやりませんよ」

「やだぁ、奥《おく》ちゃんてばそんな怖い顔しないでよぉ。ちょっとしたおふざけじゃないの。私も望も、奥ちゃんと親睦《しんぼく》を深めるきっかけがほしかっただけなのよ」

美希先輩は水飴《みずあめ》みたいな声で言って、僕の頭をぐるぐる撫《な》でた。その横で、望先輩が、鹿爪《しかつめ》らしい顔で頷《うなず》く。

「そうそう、ほら、よく言うじゃん、かわいい子は荼毘《だび》に付《ふ》せろって」

「……旅をさせろ、でしょう」

二人は顔を見合わせて、また盛大に笑いだした。

……初対面からまだ二十四時間もたっていなかったが、僕はこの宇宙人のような双子とは一生意思の疎通《そつう》が成り立たないだろうとすでにあきらめの境地にあった。

「望、朝から冴《さ》えわたってるな。座布団《ざぶとん》一枚」

笑いを含《ふく》んだ声がして、台所との境の玉のれんから長身が姿を現した。

崇高《すうこう》な理系学者と、うらぶれたバーで客引きをしているやくざを足して二で割ったような風貌《ふうぼう》、というのが、昨日この石田貴一《いしだきいち》先生に初めて会ったときの第一印象だった。

「だけどそういう悪ふざけは、マジで人を傷つけることだってあるんだから、迂闊《うかつ》にやっちゃいかんぞ」

「うわっ、きいっちゃん、教師みてー」

「教師だよ、まさに。朝めしの支度《したく》、できてるぞ」

「わーい」

双子は五歳児のように無邪気《むじゃき》に声をあわせて、ぱたぱたと台所にかけこんでいった。

一人とり残された僕に、石田先生はにこっと笑いかけた。

「昨夜はよく眠れた？」

「はい、おかげさまで」

寝不足で頭痛がしているというのに、優等生の笑顔を返してしまう自分の性格に、自己嫌悪。

「それはよかった。今日の昼すぎには波多野《はたの》が帰ってくるから、そうしたら話し合いで部屋割りを融通《ゆうずう》するからね」

昨日から何度か名前がでているんだけど、波多野さんというのは藤井姉弟と同じ学年の寮生だという。

「とりあえず朝飯だ。あ、悪いけど、新聞とってきて貰《もら》えるかな」

「はい」

僕は再び優等生の返事をして、パジャマの上にトレーナーをかぶって、玄関に向かった。ぎしぎしいう古い廊下を歩き、いまどきサッシじゃない引き戸をあけて、玄関を出る。

今日から四月というのに、朝の風はまだひやりとしていた。

錆《さ》びた門扉《もんぴ》のポストから新聞を抜き取り、僕はため息混じりに『秋霖高校第二寮』なる建物をふり仰《あお》いだ。

はっきりいって、それはただの一般住宅だった。それも相当にボロい。「もはや戦後ではない」なんてことをわざわざ声高に言っていたような太古の昔に建てられたらしいあばら家なのだ。

話は昨日の夕暮れ時にさかのぼる。

僕は重いスポーツバッグを提《さ》げて、寮の廊下に放り出されたままの自分の荷物の段ボール箱を眺《なが》めながら、管理人室の受付で茫然《ぼうぜん》としていた。

寮といっても、あばら家のごとき第二寮ではなく、学校から徒歩五分の高台にある、あのきれいなホンモノの、僕が入寮する筈《はず》だった寮の方だ。

「悪いね、奥村《おくむら》くん。いや、こちらの部屋割りミスで、君の部屋がなくなっちゃったんだよ。今年は入寮希望者が多くて、あれこれ行き違いがおこっちゃって。まったく困ったもんだな。わっはっはっは」

豪快《ごうかい》に笑う年配の舎監《しゃかん》を前に、僕は返す言葉もなかった。

わっはっはどころじゃないぞ。僕がこの高校に進学を決めたのは、きれいな個室の寮が完備されているからで、合格発表の日に、部屋の下見もして、手続きもしてあって……。

それなのに、いまさら「君の部屋がなくなっちゃったんだよ」だって？　冗談じゃない、僕にどうしろっていうんだ！

商社マンの父親の転勤で、家族はすでに社宅を引き払ってロンドンに発《た》ってしまい、僕には帰る家すらないのだ。

「あ、石田《いしだ》先生。いいところにきてくれた」

青ざめて石になっている僕の肩ごしに、舎監が能天気な声を出した。

振り向くと、極彩色のシャツにジーンズという格好の、長身の若い男が立っていた。

若いといっても、生徒というほど若くはないし、『石田先生』というからには、教師なんだろうけど。妙にとりとめのない雰囲気《ふんいき》をまとった人だった。

「麻雀《マージャン》のお誘いだったら、先月の貸しを返してからにしてくださいよ、矢崎《やざき》先生」

「わっはっはっ。いや、そういう話じゃなくてね、第二寮の方、新入生ひとりくらいなんとかなりませんかね？　はんぱが出ちゃって困っとるんですわ」

……はんぱ？　はんぱだって？　むかむかっ。

極彩色オトコは、初めて僕の方を見た。それから唐突に僕の頭をぽむぽむと撫《な》でた。いきなりのリアクションにびくついていると、男前の顔をほころばせた。

「うーん、ちょうどうちのチビどもと同じ背格好で、撫でごろだ」

うちのチビ？　若そうに見えるけど、身長百六十七センチ前後の子供がいるということは、見た目より年くってるんだろうか。

「第二寮は融通《ゆうずう》ききますから、一人や二人、なんとでもなりますよ。……ええと、君、名前は？」

「奥村聡《おくむらさとる》です」

「奥村くんか。荷物はそれだけ？」

段ボールに顎《あご》をしゃくる。頷いてみせると、三つの箱を軽々と持ち上げ、

「行くぞ」

有無《うむ》をいわせず、出ていってしまった。わけがわからないまま、僕は残りの荷物をかきあつめて、極彩色のシャツを追った。


「これが、寮？」

半《なか》ば独《ひと》り言《ごと》の呟《つぶや》きに、極彩色オトコは「ぴんぽーん」と真顔で呟いた。

「秋霖高校第二寮。なかなかアットホームだろう」

……言葉は使いようだ。

いまどきパワーウインドウじゃないボロいカローラで連れてこられたその第二寮とやらは、古い住宅街の一角に沈み込むように佇《たたず》む、汚くちんまりとした、ただの一般住宅だった。

アットホームすぎる家庭と、狭苦《せまくる》しい社宅暮らしに嫌気がさして、父親の転勤を機に、気ままな個室の寮生活を夢見ていた僕は、のっけから金属バットで後頭部を薙《な》ぎ払《はら》われたような心境だった。

こんなことになるとわかっていれば、迷わずロンドンについていったのに。

「とりあえず荷物はここにおろしておくから」

放心状態の僕の傍《かたわ》らで、石田先生は路上駐車のカローラから段ボール箱を手際よく取り出して、門扉《もんぴ》の内側に積んだ。

門扉は、一発蹴《け》りを入れたら吸血鬼の死骸《しがい》のごとくばらばらになるに違いない、というくらい錆《さ》びきっていた。そこから玄関に続く狭《せま》い前庭も惨憺《さんたん》たるありさまだ。立ち枯れと新たに芽を出し始めた雑草に侵食《しんしょく》されて、踏石《ふみいし》がほとんど見えなくなっている。

先生は玄関の前で、半分泥《どろ》に埋まった植木鉢を持ち上げた。ダンゴ虫だかワラジ虫だか得体の知れない虫がわらわらと移動して、背筋がぞっとした。

その湿った泥の中から、靴《くつ》の先で鍵《かぎ》らしきものをほじくりだし、ジーンズの尻《しり》でちょいちょいと拭《ふ》いて、僕に投げてよこした。

反射的につかんでしまって、内心濁音《だくおん》の悲鳴をあげた。

「玄関の合鍵だから持ってなさい」

ぴかぴかの新人に、虫が這《は》いずりまわった鍵をよこすなんてあんまりだ！

「まあ、ここの住人はずぼらな奴《やつ》ばっかりだから、鍵なんて滅多《めった》に必要ないけど」

ほら、この通り、と先生が開けた玄関は、確かに鍵などかかっていなかった。しかもその戸ときたら、いまどきサッシじゃなくて、黒ずんだ木の枠《わく》に歪《ゆが》んだガラスがはめこんである引き戸なのだ。開《あ》け閉《た》てするときにはガラガラとかなり派手な音がした。

「藤井《ふじい》シスターズ、いるか?」

……シスターズ?

訝《いぶか》るうちに、薄暗い廊下の角からひょい、と顔がのぞいた。

「あ、きいっちゃん、お帰り♥」

恐ろしくきれいなその顔が発した台詞《セリフ》は、ポップなハートマークつきに違いない、と思わせる響きだった。

しかし。いかに美しかろうと、新婚家庭のようなピンクのエプロンをかけて玉杓子《たまじゃくし》を持っていようと、どうも僕の目には男のように見えるんだけど。これが藤井シスターズとかなんとかいう人なんだろうか。

「今、美希《みき》と一緒に夕飯の支度をしてたんだ。きいっちゃん、ご飯とお風呂、どっち先がいい?」

「んー。俺はひとまず望《のぞむ》がいいな」

がばっと。いきなり先生は眼前のビショーネンに抱きついた。

僕はぱりんと凍り付いた。

「ぎゃっはっはっ。先生、相変わらずナイスなノリしてるねぇ。座布団三枚! ……っと」

ビショーネンはそこでやっと僕の存在に気付いたようだった。

白黒のコントラストがくっきりした目でじっと僕を見て、それからいきなり玉杓子で先生の頭を薙ぎ払った。

「お客連れなら、最初に紹介してよ、もう！」

「……ってーな。教師を殴《なぐ》るとはいい度胸してるじゃねえか」

「教え子犯す方がよっぽどいい度胸だよ」

頭を抱《かか》えてしゃがみこむ石田先生に過激なジョークを浴びせて、望さんとかいうビショーネンはにっこりと僕に微笑《ほほえ》んだ。

その視線がふと僕の手元の膨《ふく》らんだ鞄《かばん》にとまった。

「あ、もしかして新入生？　ここに入るの？」

「は、はあ…あの……」

「ラッキー！　いや、ここって第一寮と違って少人数だから淋《さみ》しくって。一人くらい新人がきてくれないかなぁって思ってたんだ。美希も喜ぶよ。美希、美希ぃ〜！　新入りだよ」

いきなり手首をつかまれて、靴を脱《ぬ》ぐのももどかしく上がり框《がまち》から引きずりあげられた。

連れ込まれたのは古くて暗い台所だった。

「美希、新人さんだよ」

振り向いた顔を見て、思わず絶句。ビショーネンの望さんとそっくり同じ造作《ぞうさく》なのだ。しかしこちらは襟足《えりあし》で揺れるやわらかそうな髪や、ひとまわり華奢《きゃしゃ》な体付きからして、女の子だと知れた。

「まあ、かわいい♥」

美少女は、やはりハートマークをとばしながらにじり寄ってきた。

「一年生？　お名前は？」

「あ、奥村聡です。……あの、お二人は双子なんですか？」

「うん。私が藤井美希で、そっちが弟の藤井望。ぴかぴかの二年生です。……ねえ、奥村くん、奥ちゃんって呼んでもいい？」

にへら、といきなり緊張感のない笑みでそんなことを言われて、身体中の力が抜けそうになる。

「奥ちゃんなんてままごと遊びのハハオヤ役みたいじゃんかよ。名前でサトちゃんって呼んだ方が百倍かわいいぞ」

「サトちゃんっていったら、あの薬屋の前に立ってるオレンジ色の象じゃないのぉ。ダサダサよぉ」

奥ちゃんだ、サトちゃんだ、と本人を差し置いて、二人は不毛な言い争いを始めた。

「あ、あの、どっちでも構いませんから、喧嘩《けんか》はやめてください」

弟たちの喧嘩の仲裁《ちゅうさい》が日常茶飯事《さはんじ》だった日々からやっと解放されたと思ったのに、これじゃうちにいたときとかわらないじゃないかっ！

「ほらほら、くだらないこと言ってないで、飯にしようぜ。愛称なんて波多野《はたの》が帰ってきたら付けてもらえばいいだろう」

石田先生がぶらりと入ってきて、双子の頭をぽむぽむ叩いた。

そのぽむぽむにはちょっと見覚えがあった。

……もしかしてさっき言ってた『うちのチビたち』ってこの人たちのことだろうか。

ということは、先生もここで暮らしているということか？

男女ごちゃまぜなうえ、教師も一緒なんて、随分《ずいぶん》な住環境じゃないか。

僕の混乱をよそに、波多野とかいう人の名前が出たとたん、双子はぴたりと喧嘩をやめた。

「そっかー。はっちゃんのセンスなら間違いなしよね」

「きいっちゃんさすが教師。頭いいね。でも、はっちゃんいつ帰ってくるの？」

「明日あたり帰ってくるんじゃないか？」

双子は「やった〜」と歓声をあげ、手に手をとってぴょんぴょん飛びはねた。

……ほ、本当にこの人たちって僕より年上なんだろうか。秋霖は決して学力レベルの低い学校じゃないから、頭の出来がどうこうってことじゃないと思うんだけど……。それにしてもうちの小学生の弟の方が、よほど利口そうに見えるぞ。

夕飯は、ボンカレーゴールドだった。

レトルトパックを温めることを「夕飯の支度をする」とは言わないと思うし、あのエプロンと玉杓子は一体なんのためのものだったんだ？　と悩んでしまった僕だったが、

「物事はすべからくカタチから入らないとね」

などと変な講釈《こうしゃく》を言う望先輩に、それ以上の質問をする気にはなれなかった。

食事中に聞いたところによると、この第二寮の住人は、石田先生と藤井シスターズ（確かにこの二人はツインズでもブラザーズでもなくシスターズだ、と短い間に僕も納得してしまった）、そして明日帰省先から戻ってくる「はっちゃん」こと波多野さんという二年生で全部ということらしい。

石田先生も藤井シスターズも、僕が突然ここに入寮するはめになったことを手放しで歓迎してくれていて、まあ煙たがられるよりは全然ましだけれど、それにしても僕としてはやっぱり個室のきれいな寮に未練があった。

ぼろくさいのはこの際、我慢するとしても、せめて個室がほしい。この家は一階が三部屋プラス台所、二階が二部屋という構造で、今のところそれぞれが一部屋ずつ使っているというのだ。どうせ身内同士なんだから、美希先輩と望先輩が二人で一部屋使ってくれれば、僕は個室がもらえるんだけど。

夕飯のあと、テレビを見ながら美希先輩のいれてくれたお汁紛《しるこ》のごとく甘ったるいコーヒー

を啜《すす》りつつ、僕は思い切ってその考えを口にしようとした。が、望先輩の方が一歩早かった。

「サトちゃんはとりあえず僕と同室でいいよね」

「え…あの……」

「遠慮《えんりょ》しないでいいから。ほら、ことわざにもあるじゃないか『乳繰《ちちく》り合《あ》うも他生《たしょう》の縁』とかってさ」

飲み込みかけたコーヒーが、気管にまわって逆流した。

「ナーイス、望」

「座布団二枚！」

むせ返る僕の横で、美希先輩と石田先生が大受けしながら座布団をとばしている。

「あら？　どうしたの、奥ちゃん？」

「……なんでもありません」

僕はぐったり疲れきって机に突っ伏した。


望先輩のありがたーいお誘いを断って、僕は居間で寝ることにした。

嵐のあとの静けさで、三人が去った居間は心地よくがらんとしていた。

しかし。雑誌やら脱ぎ散らした上着やらの私物が、散乱していて、ちょっと我慢ならないくらい雑然としている。

ほとんど無意識に手が動いてしまって、本を整然と積み上げ、上着をしわにならないようにたたみ……。はっとして手を止めた。

ううっ。どうして僕はこう所帯じみてるんだ？　こんなことだから晃《あきら》兄に「奥村家の長女」だなんてからかわれたり、守《まもる》に「聡兄ちゃんは役に立つけど面白《おもしろ》くない」なんて言われちゃうんだよなぁ。

たたみかけた誰かの上着を放り出して、畳にごろんと寝そべった。思わずため息がもれた。

ロンドンは今何時だろう。父さんも母さんも、達也《たつや》も守も、元気だろうか。

一人暮らしに憧《あこが》れて、僕だけ東京に残ったわけだけど、こんなろくでもない寮に押しこめられるくらいなら、やっぱりついていけばよかったよなぁ。

いっそ、京都で大学生をしている晃兄の下宿にころがりこんでしまおうか。

もちろん、そんなことは思ってみただけ。自分で寮生活がしたいっていって親を説き伏せたのに、一日で尻尾《しっぽ》をまいて逃げるなんていう恥ずかしい真似ができるわけがない。

とりあえず、明日になれば、波多野さんとかっていう人が帰ってくるわけだし。話の感じからして、真面目《まじめ》そうな人だから、少なくともあのわけのわからない教師や双子たちよりは、意思の疎通が成り立つに違いない。

藤井シスターズが使っていた「はっちゃん」というあだ名から、水戸黄門のうっかりはらべえみたいなのどかな雰囲気《ふんいき》の人を想像して、ちょっとなごんでみた。

とりあえず、明日。

借り物の毛布にくるまって、僕は羊の数を数えた。


さて。話は冒頭に戻る。

そんなわけで、僕は朝刊を手に、居間に向かった。

三人はＮＨＫの連続テレビ小説なんか見ながら、すでに朝食を食べ始めていた。

石田《いしだ》先生が、空《あ》いている椅子に顎《あご》をしゃくったので、僕はそこに腰をおろした。

……なんだか変な雰囲気《ふんいき》だった。というのも、あのかしましい双子《ふたご》も先生もやけに静かで、一言も口をきかないのだ。そんなにテレビが面白《おもしろ》いのだろうか、と思いつつ、テーブルに視線を落とした。

目の前の皿に、トーストした食パンが二枚。テーブルの真ん中の皿には、卵が五、六個、のっている。バターやジャムの類《たぐい》は見当たらなかった。

うちでは朝はいつも和食だったし、おかずもバラエティに富んでいた。今更《いまさら》ながら、母親のありがたみをしみじみ感じつつ、みんなどうやって食べているんだろう、と見渡すと、どうやら食パンにゆで卵を丸ごとサンドイッチにしているらしいのだ。

郷にいっては郷に従え、というわけで、僕も卵の殻《から》をむいてつるつるするのを無理遣《むりや》り押さえ付けてパンにはさんだ。

顎が外れそうになりながら、即席たまごサンドに嚙《か》み付《つ》く。

もぐもぐもぐ。もぐもぐ……。もぐ………。

咀嚼《そしゃく》するうちに、三人が無口な理由がわかってきた。

これを食べながら喋《しゃべ》るのは、不可能に近い。トーストしたがさがさのパンと、かたゆで卵の粉っぽい黄身に口のなかの水分を全部奪い取られて、喋ることはおろか、飲み下すことさえままならない。

目を白黒させながらもぐもぐやっていると、美希《みき》さんが覗《のぞ》き込《こ》んできた。

「大丈夫？　飲み物あげようか？」

僕はがくがく頷《うなず》いた。

「余分なマグカップがないから、とりあえずこれで我慢してね」

美希先輩は朱塗《しゅぬ》りの汁椀《しるわん》に（！）ポットから湯気のたった液体を注いで、「はい」と僕の前に置いた。

とにかく、口のなかのぼそぼそをどうにかしたくて、お椀の中身をがぶっと飲み込んだ僕だったが……。

「……！　……ごほごほっ、げほっ！」

「どうしたの、奥《おく》ちゃん？」

「こ、これ、なんですか!?」

「何って……別に普通の砂糖水だけど？」

砂糖水!?

「普通、飲みますか、砂糖水を!!」

「まあまあ、奥村《おくむら》。朝からそう熱くなるなよ。こいつらの奇行にいちいち目くじら立ててたら、神経がもたないぞ」

石田先生がのどかに言った。

「砂糖水のどこが奇行なんだよ」

望《のぞむ》先輩が心外だという顔をした。

「市販の缶コーヒーとかだって、いわば砂糖水でしょ。一缶に二十グラムくらい砂糖が入ってるっていうし。薬物《カフェイン》が入ってない分、こっちの方がずーっと健康的じゃん」

……一体どういう理屈なんだ。

僕は汁椀と食べかけのパンをテーブルに置いてため息をついた。白いご飯と卵焼きと蜆《しじみ》の味《み》噌汁《そしる》の朝飯が、しみじみ懐《なつ》かしい。

そういえば、あのホンモノの寮の方は食堂があってちゃんと二食付きのはずだったけど、こっちはどういうシステムになっているんだろう。

「あの……食事の支度《したく》って、もしかして毎回自分たちで？」

「そういうこと」

美希先輩の砂糖水のすすめを断りながら石田先生が頷いた。

「一応、当番制になっているんだけど、学期が始まるとそれぞれ忙しくなるから、まあ手があいてる人間が作るって感じだな」

「そうなのよね。だから学校がある日は今日みたいに豪華ってわけにはいかないのよ」

……今日みたいに豪華。くらくらくらくら。

京都行きを真剣に検討《けんとう》したい気分になってきたぞ。

「あ、奥ちゃん、デザート食べる？　上州銘菓《じょうしゅうめいか》『旅がらす』があるのよ。私と望の帰省土産《みやげ》」

……だから。だからその、朝から砂糖水を飲んだり、デザートを食べたりする感覚って一体なんなんだ！

美希先輩は有無《うむ》を言わさず戸棚《とだな》から菓子箱を取り出し、薄い包みをばりばり開けた。

「はい、どうぞ」

「……どうも」

いるのいらないのと揉《も》めて、朝から体力を使うのも無益《むえき》な気がして、素直に受け取って口に運んだ。

「おいしい？」

「……たいへんおいしいです」

鉱泉せんべいにクリームをはさんだ菓子は確かにおいしいのだけれど、ますます口の中の水分が奪われていくようだ。

「あっ！」

唐突に望先輩が奇声を発した。

「ど、どうしたんですか？」

「はっちゃんだ」

「は？」

わけがわからずキョトンとしていると、望先輩はテレビのリモコンに手をのばして、音声を消した。

シンとした部屋の中に、錆《さ》びた門扉《もんぴ》の軋《きし》む音がほとんど聞き取れないくらいかすかに響いてきた。

「わーい」

ぱたぱたと廊下に駆け出していく。

「す、すごい地獄耳《じごくみみ》……」

「そうでしょう？　そのうえ望は鼻もいいのよ。家から五百メートル離れた場所にいても、夕飯の献立《こんだて》が当てられるの」

得意げに言う美希先輩に、石田先生が吹き出した。

「おまえそれは弟自慢っていうより、我が家の名犬自慢って感じだな」

まったくだ。

やがて玄関の方から「おかえりー」と叫ぶ望先輩の声がした。

「こんな早い時間の飛行機があるの？」

「……東京には昨日戻ってたんだよ」

「えーっ。じゃどうしてまっすぐここに帰って来ないんだよ」

「帰らずにすむなら、一生帰ってきたくねえよ、こんなとこ！」

「なに照れてるんだよぉ、はっちゃん」

「人を犬みたいなあだ名で呼ぶな！　……ええい、鬱陶《うっとう》しい！　抱きつくんじゃねえよ」

……何やら不穏な声が響いてくる。

はっちゃんというのは、どうもうっかりはちべえとは全然違うタイプのキャラクターらしい。

やがて荒々しい足音が近付いてきた。

僕は挨拶《あいさつ》のために席を立ち上がったのだが、波多野《はたの》さんと思われる影は玉のれんの向こうを通過していってしまって、脚しか見えなかった。

「おい」

石田先生がもの柔《やわ》らかな、けれどどこか有無を言わせぬ声音で呼び止めた。

「ただいまの挨拶くらいしていけ」

一拍、間をおいたあと、いかにも不機嫌そうな足音が引き返してきた。

陽に焼けた手が、にゅっとのれんをかきわけ……。

それに続いて現われた、長めの前髪から覗く背筋も凍るような美形に、僕は思わずのけぞってしまった。

……容姿のレベルだけはやたらと高い寮だ。

しかし、石田先生や藤井《ふじい》シスターズのねじが巻きされたような陽気な顔貌《がんぼう》とはうって変わって、波多野さんは近寄りがたい、怖い雰囲気の人だった。細めだけどかっきりとした眉《まゆ》。奥二重《おくぶたえ》の切れ上がった目。一文字の口元。……気のせいか、どこかで見たことがある顔のような……。

波多野さんは僕を見てちょっと眉をひそめ、それから「おかえりー」とにこにこしている美希先輩に視線を移して、背後につきまとう望先輩を振り返った。

「……おい、おまえらいつからトリオになったんだ？」

がくっと膝から力が抜けた。初対面のときの石田先生の『うちのチビたちと同じ』発言が脳裏を掠《かす》める。

なんでみんな僕をこの頓珍漢《とんちんかん》な双子といっしょくたにしようとするんだっ！

「沖縄《おきなわ》は楽しかったか？」

「……取材旅行が楽しいわけないだろう」

石田先生の問い掛けに、むっつりと波多野さんは答えた。

……取材？　取材ってなんだ？　帰省していたわけではないのか？

「はっちゃん、お土産あるんでしょう？　んー、このラードと砂糖の匂《にお》いは、琉球《りゅうきゅう》銘菓『ちんすこう』の黒砂糖味と見た」

「……麻薬捜査犬か、おまえは」

鞄《かばん》にうっとりほおずりしている望先輩を引《ひ》き剝《は》がして、波多野さんは土産物の菓子折りを取り出した。……確かにその包装紙には味のある書体で『黒糖ちんすこう』と書いてある。

それをぽいっと投げ出して、さっさと立ち去ろうとする。

「まってよー」と美希先輩が引き止めた。

「久しぶりなんだからお茶でも飲みながらおしゃべりしよーよ」

「どうせまた、紅茶風味の砂糖水なんだろう」

「ううん。今日は混じりっ気なしのプレーンな砂糖水」

波多野さんは思いっきりいやな顔をした。少なくともこの点に関してだけは、意見が合いそうだ。

「あ、そうそう『旅がらす』もあるのよぉ」

「いらねえよ」

「あら、はっちゃん大好物じゃないの。この前なんて一箱全部一人で食べちゃったくせにぃ」

「あれはほかに食いモンがなかったから、仕方なく食ったんだ」

「えー。だけどぉー」

「うるさい。それ以上うだうだ言うと犯すぞ！」

あんまりな脅《おど》し文句に部外者の僕が青ざめていると、望先輩がひしっと波多野さんの鞄にぶらさがった。

「犯して犯して～♥」

……ああ、今すぐ荷物をまとめて、ロンドン行きの便に飛び乗りたい。

「こらこら。そういう高尚《こうしょう》なジョークはやめなさい。奥村がびっくりしてるじゃないか」

石田先生が苦笑しながら望先輩をひょいと引き剝がした。

「波多野、こちら新入生の奥村聡《おくむらさとる》くんだ。仲良くしてやってくれよ」

「よ、よろしくお願いします」

条件反射で、つい笑顔なんか作ってしまったのだが、波多野さんは頭半分上空から「ふん」

という顔をしただけだった。

……なんか、この人感じ悪い。

石田先生の腕のなかに取り押さえられていた望先輩が、サトちゃんサトちゃん、と僕のシャツの袖《そで》をひっぱった。

「はっちゃんはね、僕と同じ年なのに、先生って呼ばれているんだよ。かっこいいでしょう」

「……は？」

「はっちゃんはしょーせつかなんだ」

しょーせつ……？　しょーせつか？

……小説家？

ふと雑誌のグラビアでみた写真が、目の前の不機嫌顔と重なった。

……ま、まさか。

「まさか波多野帝《はたのすぐる》!?」

「ピンポーン！　やっぱりサトちゃんも知ってるんだ。はっちゃんて有名人」

知ってるもなにも。

波多野帝の本なら、僕も一冊持ってる。荷物の段ボールのどれかに入っているはずだ。

確かデビューは二年前のメルヘン・ファンタジー系雑誌の童話コンテストだった。

投稿者の八割は女性で、しかも主婦が主体というコンテストで、中学三年生の男子がグランプリを受賞したというだけでも話題性は十分だったが、その上、当人がアイドルばりの美形だったために、テレビのワイドショーや女性週刊誌は、こぞってそのニュースをとりあげた。

あれから二年足らずの間に、多分四冊くらいの本を出してるはずだ。それがまた過激なバイオレンス小説だったり、写真とエッセイで構成したアイドル写真集みたいなものだったりと、ジャンルがメチャクチャで、新刊が出るたびに話題になっている。

小説とは全然関係ない、女の子向けのファッション雑誌なんかでも、ときどき顔をみかける。ファインダーに向かって微笑《ほほえ》みかけるあのアイドル顔と、今目の前にある不機嫌きわまりない表情の落差が激しすぎて、まさかあの波多野帝だとは、気付かなかった。

そんな有名人と一つ屋根の下で暮らすはめになろうとは……。

「すごい……」

思わずミーハーなため息がこぼれおちた。

波多野さんは僕に視線を落とすと、剣呑《けんのん》な目付きで一言、はきすてるように言った。

「バーカ」

呆気《あっけ》に取られているうちに、長身の後ろ姿は二階に昇っていってしまった。

……な、なんてやな奴《やつ》！

いくら有名人だろうと、いくら面白い小説を書こうと、いくら顔が美しかろうと、僕はあんな無礼な男は大嫌いだっ！

波多野さんに抱いた悪印象は、その晩さらにグレードアップするはめになった。

「すごーい、サトちゃん。料理の鉄人！」

「ロールキャベツが自分で作れちゃうなんて、神様みたい」

箸《はし》を握《にぎ》り締《し》めて興奮しまくる藤井シスターズを前に、いったい普段この人たちは何を食べているんだと、頭を抱えたくなった。

日中、波多野さんは部屋に籠《こ》もりっきりで、美希先輩は友達と約束があるからと、出掛けていった。

僕は石田先生の廃車寸前のカローラで、布団《ふとん》を買いにいった。僕が入るはずだった正規の寮は、寝具一式貸し出しということだったので、用意していなかったのだ（ちくしょー）。

そこになぜか「ひまだから」と望先輩までついてきて、……いや、正確に言えば僕の方が望先輩のお供という感じで、布団を買ったあとは近隣を案内するという名目のもと、ゲーセンやらレンタルビデオ店やら、望先輩の行きたい場所にあちこち引きずり回されてしまったのだった。

　で、その帰りに、夕飯の買物をしようということでスーパーに寄ったんだけど、石田先生と望先輩は脇目も振らずにレトルト食品の売場に直行して。望先輩曰《いわ》く、

「今日は何のカレーがいい？」

　……今日は何がいい、じゃなくて、何のカレーがいい、と限定されているところがすごい。

　呆気にとられる僕を尻目《しりめ》に、石田先生は腕を組んで、難しそうな顔をした。

「ナンのカレーって言うと、あのインド式の平べったいパンの……」

「ナーイス、きいっちゃん！」

　二人はげらげら笑い転げて、また得意の「座布団一枚！」を始めた。

　ええい、思いっきりテレビの観客じゃあるまいし、そんな下らない駄洒落《だじゃれ》でいちいち大受けするなよ！

　もう、付き合ってらんないよ、とがっくりうなだれて、僕はカートを押しながらその場を離れた。

「あれ、サトちゃん、どこ行くの？」

「……今日の夕飯は僕が作ります」

　たとえばこういう場面で、知らんぷりしちゃえる性格の人って、すごく羨《うらや》ましい。

　毎晩レトルトカレーなんて、冗談じゃないけど、でもちゃんとした食事をするには、誰かが

骨を折って作らなくちゃならないわけで。大抵の人間はそんな面倒《めんどう》な役割を引き受けるくらいなら、不自由を耐える方がいいと思ってしまうらしいのだ。

そういうときに、僕はきまって自ら貧乏くじをひくはめになる。

もちろん、好きこのんで引き受けるわけじゃない。性格的に見て見ぬふりができないのだ。

……これがつまり、晃《あきら》兄言うところの『長女体質』ってやつなんだろうな。

まったく、なんて因果な性格なんだ。

結局、出盛りの春キャベツと、本日の特売品の豚赤身挽肉《ひきにく》と、炊き込みご飯の素《もと》を買って、僕は一時間かかって夕飯の支度《したく》をしたのだった。

「おいしい〜」

「こんなおいしいもの食べたの、五年と六ヵ月ぶりくらい〜」

……まあ、しかし、藤井シスターズの称賛と食べっぷりを見ていると、一時間の苦労も報《むく》われる気がする。

「奥村」

石田先生が箸をとめて、感慨深《かんがいぶか》げにロールキャベツを見つめながら言った。

「なんですか？」

「俺はしがない教員で、はっきり言って給料は安い」

「……はあ」

「いいのは、顔と育ちと性格だけだ」

「…………」

「こんな俺でよかったら、結婚を前提におつきあいしませんか？」

思わずテーブルに頭を打ち付けそうになった。

「あーっ、なんだよ、きいっちゃんの浮気者！　愛しているのは僕だけだって言ったじゃないか」

「いや、やっぱりケッコンするなら、奥村くらい料理上手《じょうず》な方がいい。愛想《あいそ》以外取り柄のない望は愛人で十分」

「なんだとーっ！　そういうこと言うなら、僕の操を返せよ！」

一昼夜が経過して、この低劣《ていれつ》な冗談騒ぎにも順応しつつある自分が、ちょっと悲しかったりする。

その、賑《にぎ》わしいテーブルの一角で、波多野さん一人がマイナス三〇度の冷気を発していた。三白眼《さんぱくがん》で虚空《こくう》を睨《にら》んだまま、まるで難行苦行のごとくイヤそうに箸を動かしている。

そんなにイヤなら食べるなよっ！　……なんて小心者の僕に言えるはずもなく。とりあえず触《さわ》らぬ神に祟《たた》りなしということで、なるべく波多野さんの方は見ないことにした。

「ねえねえ、奥ちゃん、実家でもお料理してたの？」

美希先輩が、興味津々《しんしん》といった感じに訊いてきた。

「料理っていうか、家事全般手伝ってました」

「すごーい、えらーい」

「嫌々やってただけだから、偉《えら》くも何ともないですよ。うちは男ばっかりの四人兄弟だから、料理とか洗濯《せんたく》とかもとにかく並大抵の量じゃなくて。それでときどき母親がキレちゃうんです。で、仕方なく僕が手伝うって感じで」

晃兄も達也《たつや》も守《まもる》も、散らかし放題・食べ放題って性格で、家の手伝いなんて頼まれてもやらないタイプだったからなぁ。

「嫌々でもすごいわよぉ。これだけおいしいロールキャベツが作れるなんて」

「こんなことくらいしか、取り柄がないんですよ。だから弟からは、聡兄ちゃんは役に立つけど面白味がない、なんて嫌味言われちゃって」

照れ隠し半分に、茶化すように言ってみたけれど。

実際のところ、守にあれを言われた時は結構ショックだった。

年末で、ちょうど晃兄が帰省していた時だった。僕は受験勉強の合間に、おせち作りで忙しい母さんにかわって、家中の煤払《すすはら》いをしていたのだ。

他の三人は、もちろん大掃除なんてそっちのけ。

中学生の守はゲームボーイに熱中し、晃兄は小学生の達也とプロレスごっこをしながら、家中をどたばた走り回ってた。

僕は例によって「埃《ほこり》が立つからもうちょっと静かに遊んでよ」「唐紙《からかみ》に触るなって」「ほら、ストーブの前でふざけたら危ないだろう」とおろおろ小言を並べ立て、しかし注意も虚《むな》しく結局達也が敷居《しきい》につまずいて、膝を切ってしまった。

晃兄はそれを「男の勲章だ」と笑いとばし、僕は小言を言い続けながら傷の手当てをした。

「晃兄ちゃんと聡兄ちゃんってホントに対照的だよね」

その時、守がゲームボーイから顔をあげて、感慨深げに言ったのだ。

「晃兄ちゃんは全然役に立たないけど、面白い。聡兄ちゃんは全然面白味ないけど、すごく役に立つ」

「役立たずで悪かったな」

晃兄はあっけらかんと笑って、今度は守にパイルドライバーをきめたりしてたけど。僕は相当ショックだった。

守は嫌味でも悪口でもなく、ただ単純に僕と晃兄の性格を比較しただけなのだ。それは十分わかっていて、だから余計にショックだった。そうか、僕は弟の目から見てもつまらない人間なのか、と、何だか愕然《がくぜん》としてしまった。

思い出に浸《ひた》りつつどんよりしている僕の横で、望先輩が「いいなぁ」と呟いた。

「僕も役に立つって言われてみたい」

おや。意外に己《おのれ》を知っているらしいぞ、と苦笑しつつ、僕は首を横に振った。

「ただ単に、役に立ちさえすればいいなら、動物だってロボットだっていいわけでしょう。何の役にも立たないけど、面白いって言ってもらえたほうが断然嬉《うれ》しいですよ」

融通《ゆうずう》が利《き》かなくて面白味のないこの性格は、弟に指摘されるまでもなく、ずっとコンプレックスだったのだ。

「……ふん」

不意に底意地の悪い含み笑いが聞こえた。発信源は、マイナス三〇度地帯……。

「自意識過剰《かじょう》で卑屈《ひくつ》な坊やだな」

僕は思わず身構えた。じっと眺《なが》めることもはばかられるようなきれいな顔に、波多野さんは嫌な笑顔を浮かべてみせた。

「まあ世の中、おまえみたいなつまんない奴も必要だよ。凡才《ぼんさい》なくして天才は引き立たないからな」

あんまりな言われように、ただもうびっくりしてしまって。

返す言葉もなく呆然《ぼうぜん》としているうちに、波多野さんは箸を投げ出して、席を立っていってしまった。ご飯もおかずもほとんど手付かずの状態だった。

「もーらいっ！」

望先輩が波多野さんのロールキャベツに箸を突き立てるのを、僕は放心状態で眺めていた。

いったいぜんたい。今日会ったばかりの、見ず知らずも同然の相手に、どうしてそこまで言われなくちゃならないんだ？

驚きとショックと怒りが手をとって頭の中でマイムマイムを踊り始めた。

「初対面の相手ともすぐに打ち解けて、ざっくばらんな口をきけるところが、はっちゃんのいいところよねぇ」

美希先輩が、頓珍漢なことを言って「ね？」と僕に同意を求めてきた。

打ち解ける？　ざっくばらん？

「こらこら、美希。その能天気な感性に奥村を巻き込むのはやめなさいね」

石田先生が美希さんの頭をぱふぱふ撫《な》でて、僕に笑いかけた。

「波多野の言うことは気にしなくていいよ。締切前は生理日みたいなもんだから。気が立ってるんだろう」

……下品な喩《たと》えをするなよ。

僕はもう、七割くらい本気で、京都に行こうか、ロンドンに飛ぼうか検討《けんとう》していた。とてもじゃないが、五日後の入学式まで神経がもちそうにない。

くせになるから野良猫に餌《えさ》をやってはいけない、という母さんの教えは正しかった。

翌朝、今度は寝坊することなく目を覚まし、居間の片隅に布団《ふとん》をたたんで（もしかして僕はずっとこの居間で寝起きするのだろうか……）、台所に行くと、一番のりの石田《いしだ》先生がテーブルで新聞を読んでいた。

「早起きだな、少年。今朝《けさ》は何をご馳走《ちそう》してくれるんだ？」

おいおい……。

「また僕が……」

作るんですか、とげんなり続けようとしたところに、ばたばたと廊下を走り抜ける足音がして、藤井《ふじい》シスターズが朝から絶好調の笑顔で飛び込んできた。

「おっはよーっ！　サトちゃん、今日の朝ごはんなに？」

すとんと椅子に座って、望《のぞむ》先輩が目を輝かす。

いつから僕が全面的に料理を引き受けることになったんだ？

「あ、飲み物は私が作るね。何がいい？」

「い、いいです、僕がやりますから、美希《みき》先輩はカップでも並べててください」

僕は大慌《おおあわ》てで美希さんの手からヤカンを取り上げた。砂糖水はもうこりごりだ。

結局、まともなものを飲み食いするためには、自ら動くほかないのだ。

僕はため息をつきながら、コンロにヤカンをかけた。

買い置きのハムとスイートコーンの缶詰でサラダを作り、卵を六個割りほぐしてふわふわのスクランブルにして……。その間にお湯が沸《わ》いたので、それぞれの好みを聞きながら、コーヒーと紅茶をいれた。

昨日買物をしたときにマーガリンとジャムを買っておいたので、今朝は比較的まともな朝ごはんだった。

双子はまた異常に盛り上がって、

「ホテルの朝食みたい」

と大仰《おおぎょう》な感想を述べた。この人たちの唯一《ゆいいつ》の美点は、こういう大げさなお世辞を言っても、全然嫌味に聞こえないところだ。作り手としては、なかなか張り合いがあるというものだ。

波多野さんは二階に籠《こ》もったままで、朝食にも下りてこなかった。

僕の家では、寝坊をして遅刻しそうな朝でも、ちゃんと茶碗を空《から》にするまでは、家から出してもらえないという暗黙の掟《おきて》があったくらい、朝食は大事にされていた。だから、波多野さんも呼んだ方がいいんじゃないかなと、ちょっと気になったんだけど。まあ考えてみれば、あんな失礼な人の健康を心配する義理なんて全然まったくない。

僕は波多野さんのことを頭の隅に追いやって、自分の皿を空にした。

玄関の呼び鈴が鳴らされたのは、お昼を少し回った時間だった。

双子《ふたご》は横浜の親戚《しんせき》の家に、石田先生は職員会議のため学校にそれぞれ出掛けていて、必然的に僕が応対にでるはめになった。

玄関先に立っていたのは、仮面のようにばっちり化粧をほどこした、どちらかといえば美人の部類に属する、三十くらいの女の人だった。

「あら、新顔ね」

親しげににっこり笑う。

「私、月刊スラップスティック編集部の若井《わかい》っていいます。帝《すぐる》先生はいらっしゃる？」

すぐるせんせい……というのは、もしかして、もしかしなくても、波多野さんのことだろうな。

「……はい、いると思いますけど……」

「それじゃ、ちょっとお邪魔します」

若井さんは慣れた様子でさっさと靴《くつ》を脱いで上がり込んできた。

一応同居人の立場なんだから、部屋まで同行したほうがいいのかな、と、先に立って、初日に一度上がったきりの二階に向かった。

しんと静まり返った部屋のドアをノックして、声をかけた。

「波多野さん、編集の方がおみえです」

「……いないって言え」

不機嫌そうな声が返ってきた。背中から若井さんが苦笑混じりの声で怒鳴った。

「残念でした、聞こえちゃったわよ、帝センセ」

一拍間をおいて部屋の中で人の動く気配がした。立て付けの悪い扉がゆっくり開いた。例の仰《の》け反《ぞ》るような美貌《びぼう》が、不穏な目付きで僕をねめつけた。

僕は波多野さんが「帰れ」とか怒鳴って、編集さんを追い出すような修羅場《しゅらば》を想像してうろたえかけたが、

「……どうもお世話になります」

波多野さんは一応人並みの挨拶《あいさつ》をした。

「帝先生、締切はもう三日も過ぎてるのよ」

「わかってます。今日中にはなんとかあげますから」

「本当に大丈夫？　無理だったら、エッセイのページ半分に削《けず》って、写真と差し替えるわよ。うちの読者の女の子たちなんて、どうせ半分は帝先生の顔目当てみたいなもんだから」

……なんかカチンときた。食事も抜いて必死で書いてる（らしい）作家をつかまえて「どうせ顔目当てだから写真と差し替える」だって？

「……ちゃんと今日中に書き上げて、ファックスします」

しかし、信じられないことに、波多野さんは怒りもせず、ちゃんと応対している。

「それならここで出来るまで待たせてもらうわ」

若井さんはそういって、ふと僕の方に視線を移した。

「そういえば、新しい子が入ったのね」

「ああ、一年生の……奥……奥寺《おくでら》サトシくん」

「……奥村サトルです」

これから一つ屋根の下で暮らす人間の名前も覚えていないのか？　こんな男のために、一瞬でも腹を立ててやった僕が馬鹿だった。

「この寮ってホントに美人揃《ぞろ》いねぇ。……そういえば君、なんとなく面差《おもざ》しが望ちゃんに似てるけど、従弟《いとこ》かなにか？」

「……赤の他人です」

どうして誰も彼も僕をあの能天気な双子といっしょくたにするんだよっ！

僕は目礼《もくれい》して、無礼な作家と無礼な編集者に背を向けた。階段の途中で、背後から、

「今、お茶いれさせますから」

波多野さんが言うのが聞こえて、足音が追ってきた。

いれさせるって僕にってことか？　だったらいれてもらう、くらいの表現ができないのか！

作家なら言葉の端々まで気を配れ。

「おい、奥山《おくやま》！」

「奥村です！　……っ苦しい」

いきなりがしっと首に腕が巻き付いてきた。居間を引きずられ、台所に引っ張り込まれる。壁ぎわに追い詰められて、頭半分上から低い声で凄《すご》まれた。

「なんで編集なんかあげたんだよ」

「なんでって…だって波多野さんのお客さんだったから」

「編集が来たら居留守を使え！　電話も取り次ぐな！　そんなの常識だろうが、うすらボケ！」

う、うすらボケだって!?

「電話も来客も取り次がないのが常識だなんて、そんな非常識な常識、僕は知りません」

小心者の僕も、あまりに理不尽《りふじん》な言われようにむっとして言い返したのだが。

「ががた言《い》い訳《わけ》してんじゃねぇよ！」

顔のすぐ横の壁に、ガンッ！　と拳《こぶし》がめり込んだ。

こ、こわすぎる〜。

波多野さんは僕の手首をつかみ、手の甲にでかでかとケータイの番号を書いた。

「表通りに出て東に百メートルくらい行ったところに、電話ボックスがある。三分以内にそこまで行って、俺に電話しろ」

「……なんでそんな」

「わかったなっ？」

「は、はい！」

ほとんど鼻がくっつきそうなところまで、端整な顔が迫ってきた。血走った眼が、完全にイッちゃってるかんじで。嚙《か》み付《つ》かれるんじゃないかと、身が竦《すく》んだ。

「三分以内だぞ。一秒でも遅れたら、犯す」

あんたの脅《おど》し文句はそれしかないのかっ、と突っ込みたいのは山々だったが、逆らったらホントにその場でどうにかされてしまいそうな雰囲気《ふんいき》だったのでやめた。

僕は猛ダッシュで居間に駆け込み、財布を拾って玄関に走った。

電話ボックスに飛び込んで、五回目のコールで波多野さんが出たときには、息切れして「もしもし」も満足に言えない状態だった。

『あ、月刊シアターの山内《やまうち》編集長？　いつもお世話になります』

……誰が山内だ。

『来るって今ですか？　いや、今ちょっと……え？　もう駅まで来てるんですか？』

しかもその聞こえよがしの説明口調は一体何なんだ？

ゼーゼーしながら、一方的に喋《しゃべ》りまくる声に耳を傾けていると、若井さんのうろたえたような声が遠く聞こえてきた。

『ちょっと、山内来るの？　冗談じゃない、私は帰るわよ』

『あ、そうですか？　なんかすみません、わざわざ来て頂いたのに』

『原稿は死んでも今日中にあげてくださいね！』

『任せてください』

玄関のガラスの引き戸ががたぴしいう音がして。

なんだかわからないけど、若井さんは帰ったのかな、と思った途端、何の断りもなしに、耳元で回線の切れる音がした。

なんて失礼な男なんだ！

僕はむかつきながら、寮に戻った。

どうせ波多野さんはまたさっさと二階で天《あま》の岩戸《いわと》にお籠もりなんだろう。

まったく自分勝手な人だと、ぷんぷんしながら居間の扉を開けたら、いきなり、詰め込みすぎの押し入れを開けたときのように、何かが雪崩《なだれ》落《お》ちてきた。

「うぎゃーっ」

何かの正体は、こともあろうに波多野さんその人だった。

犯すの二文字が頭のなかを駆けめぐる。

「ちゃんと言われた通りに電話したじゃないですかっ」

全体重をかけて覆《おお》いかぶさってくる相手を受けとめきれずに、廊下に押し倒された。

「やめろーっ、変態！　放せっ！」

ばたばたもがき、大暴れして、柱に手の甲を打ち付けた痛みで、はたと我にかえった。

のしかかった身体《からだ》は、ぴくりとも動かないのだ。

ちょうど首筋のあたりに、波多野さんの頬が触《さわ》ってるんだけど、妙に体温が低くてひんやりしている。

「……は、波多野さん？」

「………」

「波多野さん？」

「……なんかぐるぐる回ってる」

強姦《ごうかん》は思いすごしらしく、めまいを起こしたところに、たまたま僕が来合わせたというのが真相のようだった。

波多野さんとも思えない、掠《かす》れた頼りない声に俄《にわか》に心配になって、そろそろと背中に手を回した。

「大丈夫ですか？　具合悪いんですか」

「…………いたい」

「痛い？　どこが？」

「……痛いんじゃねぇよ。なんか食いたい」

「……は？」

「腹減って死にそう」

……どこまで人騒がせな男なんだ！

「血糖値が下がっているときは、とりあえず甘いものを飲んだほうがいいんです。美希先輩みたいに殺人的に甘くしたりしませんから」

「砂糖入れるなよ」

牛乳で煮出した紅茶に、砂糖を軽く一杯入れて、とりあえずあてがっておく。

腐っても鯛《たい》、空腹でも波多野さん、とでもいうのか、ふらふらになってるくせして、なおかつ、

「パンは嫌いだ。オムライスが食いたい」

なんて偉《えら》そうにわがままを言うのだ、この人は。

僕は呆《あき》れながら、棚《たな》から探し出したレトルトのご飯をチンして、ハムの残りと一緒にケチャップ味に炒《いた》めた。本格的に半熟の卵で包むなんて芸当はできないので、茶巾寿司《ちゃきんずし》みたいに薄焼き卵を作って、ご飯にかぶせた。

波多野さんは美味《おい》しいとも言わないかわりに、「こんなのオムライスじゃない！」とかいって一徹《いってつ》暴れすることもなく、黙々とスプーンを動かしている。

とりあえず食事は作ったし、もう用事はないだろうと、居間に引き上げようとしたら、進行方向にこれみよがしに長い脚が突き出された。

「わーっ」

僕は見事につまずき、食器棚に顔面からダイビングしかけた。

「何するんですか！」

「食いおわるまでそこにいろ」

向かいの椅子を足で蹴りだす。

……もしかして、一人で食事するのが苦手なタイプとか？　意外に子供っぽいというか、繊細《せんさい》というか。

しかし、何も足をひっかけることはないじゃないか。まったくいちいち乱暴で粗暴《そぼう》で横暴な人だ。

僕は仕方なくテーブルに引き返し、お椀にインスタントコーヒーを作って、椅子にかけた。

黙って座っているのも気詰まりなので、テレビのスイッチを入れた。ワイドショーのけたたましいレポーターの声を聞きながら、ちらちらとテーブルの様子を窺《うかが》う。

波多野さんは神妙に甘いミルクティーを啜《すす》りながら、オムライスを食べていた。

こうしてしみじみ眺《なが》めると、まったく憎《にく》らしいほど造作《ぞうさく》の整った人だ。雑誌で見かけるわざとらしい微笑《ほほえ》みよりも、今の無造作な表情の方が、さらに男前だ。顔目当てのファンがいるというのも、頷ける。

突然、波多野さんが顔をあげ、視線が合った。

「山内編集長は若井の昔の男だ」

「え？」

「愛《いと》しさ余って憎《にく》さ百倍、あの女は山内を死ぬほど嫌ってる」

……ああ、さっきの編集者追い出しのトリックを説明してくれてるのか。

空になった皿に、波多野さんは音高くスプーンを放り出した。

「……ったく写真と差し替えるなんてふざけやがって。俺をノータリンのアイドルと一緒にしてんじゃねえよ」

エネルギーを補給したら、いつもの毒舌が戻ってきたらしい。

食器を流しにつけながら、僕は初めて波多野さんに「いやな奴《やつ》」以外の印象を抱《いだ》いた。

さすがに編集さん相手には面と向かって悪口雑言《あっこうぞうごん》を吐《は》けずに陰でこんなふうにふくれたり、一人きりじゃ食事ができなかったり、なんだか意外に人間味があって可愛《かわい》いじゃないか。

それになにより、目が回って引っ繰り返るまで頑張って原稿を書くなんて、さすがプロだ。

尊敬の念すらわいてくる。

きっと、書くことがすごく好きなんだろうなぁ。

確かに、口は悪いし、身勝手だし、失礼な人ではあるけれど、才能豊かな人には変人が多いって聞くし、まあその辺は大目にみるべきなんだろう。

僕は荷物に詰めて持ってきた、波多野さんの本のことを思い出した。考えてみればただの「いやな奴」にあんなに胸を打つ小説が書けるはずがない。

「何がおかしいんだよ」

訝《いぶか》しげに問われて我にかえると、僕は間抜けなにやけ顔をしていた。

「いえ、おかしいんじゃなくて……波多野さんってすごいなぁと思って」

「……なんだそれは」

「ごはんも食べずに原稿に打ち込んで。書くのが本当に好きなんですね」

波多野さんは眼を細めて僕を眺め、「フン」と鼻先で笑った。

「幸せな勘違い野郎だな。ホントにおまえってつまんない奴」

「……は？」

「俺は書く仕事なんて死ぬほど嫌いだよ。金になるからやってるだけだ」

「…………」

「作家なんて要は合法的な詐欺師《さぎし》だ。単純バカな読者を大嘘の感動で騙《だま》して金を吸い上げる。これが結構な儲《もう》けになるからやめられないんだよ。もっと実入りのいい仕事があれば、さっさとこんなやくざな商売から足を洗いたいね」

感情のメーターがマイナス方向に振り切れそうになった。

なんてっ、なんてっ、なんていやな奴！

ちょっとでも好感を持ったりした僕が馬鹿だった。やっぱり第一印象は正しかった。

いや、第一印象より更《さら》に嫌いになったぞ！

怒りにうちふるえる僕をよそに、波多野さんはごちそうさまも言わずに席を立った。

居間の方に出ていきかけて、ふと振り返り、陰険な猫目に薄笑いを浮かべた。

「腹が減ってたから仕方なく食ってやったけど、今度はもうちょっとまともなメシを作れよ」

……。

畜生！　あんたなんかさっさと飢《う》え死《じ》にして、ハイエナの餌食《えじき》となってしまえ！


居間で眠る三日目の夜。

僕はため息をついて、寝そべったまま手をのばし、紙屑カゴの中から紙袋を拾いあげた。

部屋は真っ暗闇だけれど、袋の中身はわかってる。僕がさっき自分で捨てた、波多野さんの本。

『つきのひかり』というその本は、波多野帝の初めての単行本だった。同世代が書いた小説で、しかも著者略歴の写真が超絶な美形だったために、中三の時クラスの女の子たちの間で京極夏彦と同じくらい流行《はや》っていた。僕も最初は隣の席の女の子に借りて読んだのだ。

海辺の施設で暮らす少年の生活を淡々と描いた小説で、はっきりした起承転結もなく、日常描写に始まって、日常描写に終わる、日記のような構成だった。

読み終えて持ち主に返したあと、僕はあらためて同じ本を買ってしまった。小説なんてほとんど読まない僕が、一度読んだ本を買い直してしまうくらい、印象に残った作品だった。

次に出た本がいきなり、「文壇《ぶんだん》のプリンスの素顔を余すところなく収録!」とかいうアイドル写真集みたいな軽薄っぽいフォトエッセイ集だったので、すっかり気を削《そ》がれて、その後の作品は全然読んでいなかったけれど『つきのひかり』はこうやって引っ越し荷物に忍び込ませるくらい、気に入っていた。

なまじ思い入れの強い作品だっただけに、実物の波多野帝があんなにいやな奴で、小説は金儲けの手段だなんて言われて、僕はもう言いようもないくらいショックだった。もう、二度と読み返すもんかっ! と、怒りに任せてごみ箱に放り込んだ。

だけど、なんだかそれはこの本を読んで感動したときの自分も一緒に捨てるみたいで、悔《くや》しくて……。

そんなことを悶々《もんもん》と考え込んでいたら、不意に廊下に面したドアが開いた。まずい、来るぞ、と思ったときにはすでに遅く、くるぶしをゴリッと踏まれていた。

「痛っ！」

「あ、ごめん…っとと」

「うわっ！」

バランスを崩《くず》した相手が、もろに身体の上に倒れこんできた。踏んだり蹴ったりの二次災害だ。

「ごめん、ごめん。大丈夫？」

……今回は望先輩かよ。

この部屋は廊下と台所をつなぐ通り道になっていて、夜中に水を飲みに来た人間が、ことごとく僕につまずいていくのだ。昨夜は石田先生に後頭部を踏まれ、美希先輩に脇腹を蹴飛ばされた。

「暗くて見えなかったんだ。ごめんね。怪我しなかった？」

望先輩は機敏に立ち上がって、明かりをつけた。

「……なんとか、大丈夫です」

眩《まぶ》しさに思わず眼をしばたたき、明るさに順応するのを待って、顔をあげると。

クマ柄のパジャマを着た望先輩が、大きく眼を見開いて、ぱかっと微笑《ほほえ》んだ。

「そうだったのかぁ」

「……は？」

「それならそうと本人に言えばいいのにぃ」

「……何の話です？」

望先輩は僕の胸元を指差した。

「著書を抱いて眠るほど、はっちゃんのことが好きなんだ」

「え？　……うわっ！」

無意識に抱え込んでいた本を、時限爆弾みたいに放り出した。

「こ、これは今、捨てようと思ってたところで……」

「照れることないって。純情だなぁサトちゃん。だけど相手が本じゃ虚《むな》しくない？　頼めばホンモノが添い寝してくれると思うよ？」

「不気味な冗談はやめてください！」

「声でかいって。みんな起きちゃうよ」

両手で耳を押さえて台所に消え、一瞬後、缶ビールを持って戻ってきた。

「……望センパイ」

非難の視線を向けると、屈託《くったく》のない笑顔が返ってきた。

「ちゃんとサトちゃんの分もあるよ～ん」

「そういう問題じゃ………ちょっと、どうして人の布団の中に入ってくるんですかっ！」

当たり前のような顔で隣に擦《す》り寄《よ》り、冷え冷えの缶ビールをほっぺたに押しつけてくる。

「僕じゃ物足りないかもしれないけど、はっちゃんのかわりに添い寝してあげよう」

「…………っ」

完全に遊ばれているぞ。

もうやけくそだ。僕は缶のプルタブを起こして、腹ばいの苦しい姿勢でごくごくっと喉に流し込んだ。……にがい。まずい。

「ん〜、いい飲みっぷり。僕も頂きま〜す」

望先輩の方は、さも美味《おい》しそうに、半分ほどを一気した。

「はっちゃんのファンだったら、この寮に入れて大ラッキーだったね」

ええい、なぜ蒸し返すっ!!

「だからファンだなんて言ってないでしょう！」

「そうなの？　だってこの本、サトちゃんのじゃないの？」

さっき放り出した本を引き寄せて、無邪気な顔でぱらぱらとページを繰る。

なんともバツが悪くて、赤面しながらビールを呷《あお》った。

「……確かに、その本はちょっと好きだったけど、でも今は大嫌いになったんです。まさか作者があんないやな奴だとは思わなかった」

「ふうん。……僕たちの留守中、はっちゃんと喧嘩でもした？」

この人は、鋭いんだか鈍《にぶ》いんだか……。確かに昼間のやりとりが尾を引いてるのは事実だが、初対面から僕が波多野さんとうまくいってないことくらい、みてればわかるだろうに。

僕は昼間、編集者が来たときの経緯《けいい》を説明した。望先輩はわかったようなわからないような能天気な合いの手を入れながら、それでも最後まで聞いてくれていた。

「……それで波多野さんは、執筆《しっぴつ》活動は金儲けのすべに過ぎないって。もっと儲かる仕事があったら、さっさとやめたいって」

「はっちゃんが言ったの？」

「そうです」

アルコールが血管をめぐりはじめ、頭がぼおっと眠たい感じになってきた。

「ショックでした。なんか…読んで感動した自分自身まで汚《けが》されたみたいで」

「うんうん」

「それに、すごく腹も立った。……僕は……『つきのひかり』を初めて読んだとき、感動と同じくらい、嫉妬《しっと》も感じてたんです。僕とたった一つしか違わない人が、こんなすごいものを書いちゃうってことに。自分が何の取り柄も面白味《おもしろみ》もない人間だっていうのは、ずっとコンプレックスだったから」

酔っ払って、軽くなった口から出てきた言葉に、そうか、僕はそんなことを考えていたのか、と他人事《ひとごと》のように感心した。

「コンプレックスなんて感じることないのに。サトちゃんってすっごく面白いキャラクターだと思うよ」

……あんたにだけは言われたくないぞ。

「僕なんかには逆立ちしたって手に入らない、羨《うらや》ましい才能なのに、それをあの人は、金儲けの手段としか考えていない。自分の才能に全然執着持ってないんです。なんかそれってすごく腹立つっていうか……」

「うーん。だけど……」

望先輩がなにか言い掛けたとき、廊下に面したドアが開いた。

オレンジ色のド派手なパジャマを着た石田先生が、腰に手を当てて立っていた。

僕は慌ててビールを毛布の下に隠したのだが、

「きいっちゃんも夜這《よば》い？」

寝惚《ねぼ》けたことを言いながら、望先輩は堂々と缶を振りかざして笑っている。大きな手のひらがにゅっとのび、それを取り上げた。

「未成年者の飲酒とセックスには保護者の承諾《しょうだく》が必要だって、生徒手帳に明記してあるだろう」

……嘘をつくな、嘘を。

先生は布団の脇に腰をおろして、飲み残しのビールを一気に呷った。傍《かたわ》らの本に気付いて拾いあげ、表紙を眺める。

「奥村、豆腐は好きか？」

……どうして誰も彼も、夜中に突然やってきては、わけのわからない言動にでるんだ！

「……好きですけど、それがなにか？」

「豆腐屋さんは豆腐を売って生計を立ててるわけだけど、豆腐造りを金儲けの手段にしてるなんて、許せないって思う？」

「え……」

「もっと儲かる仕事があったら転職したいなぁなんて思ってる奴が作った豆腐食べたら、汚れるとか思う？」

「なんだよ、きいっちゃん、僕たちの話立ち聞きしてたの？」

「人聞き悪いこというなよ。悲鳴がしたから、様子を見にきて、ちょっと入りそびれてただけだ」

「そういうの、専門用語で『立ち聞き』っていうんだよ」

酔いで睡魔《すいま》に侵《おか》されかけた頭のなかを、ぐるぐる先生の言葉がかけめぐった。

「……それは…別に豆腐屋さんが何考えて作ってても、出来上がった豆腐が美味しかったらいいって思うけど……」

「そうだろう？　一般的な商品に関しては、みんなそういうふうに結構寛大なのに、これが音楽とか出版物関係になると、急に目くじら立てて、綺麗事《きれいごと》を言い出すんだよな」

……言われてみれば確かにその通りだった。小説や音楽だってひとたび商業ベースにのればほかの仕事と全然かわらない『商売』なんだから、利潤《りじゅん》を追求するのは当たり前のことだ。

頭の中で勝手に作者の理想像を作り上げて、裏切られたなんて思うのは、受け手のわがままにほかならない。そのうえ自分のコンプレックスと絡めて、才能の無駄遣《むだづか》いに腹を立てるなんて、八つ当たり以外のなにものでもない。

「まあ、どうせ波多野のことだから、奥村の神経逆撫《さかな》でするような言い方したんだろうけどな」

とりなすように微笑んで、先生は僕の頭をぽむぽむ撫でた。

「あ、イッコだけフォローしておくけどな。あいつが金儲けのために文章書いてるのは事実だけど、そのためだけってわけじゃないと思うぞ」

「なんだよ、きいっちゃん、その確証ありげな口調は」

「おまえだって知ってるだろう。モリプロの一件」

先生は僕に視線を戻した。

「半年くらい前に、大手の芸能プロダクションが波多野にモーションかけてきたんだ。俳優として売り出したいって、破格の契約金を提示してね。まあ、あれだけの容姿だし、作家としてのネームバリューもあるから、かなりいいセンいくんじゃないかと思ったんだが、あいつは言下に断っちまった。契約金をさらに上乗せするって言われても、頑として譲《ゆず》らなくてね」

「………」

「なんだかんだ言っても、あいつは書くのが好きなんだよ。ホントに金さえ入ればいいっていうんなら、今日若井さんが提案したとかいう写真と差し替えるって話だって、喜んで承諾《しょうだく》したんじゃないか？」

……それはそうだ。写真で済ましてしまえば、楽してお金になるわけで……。

「まあ、金が好きだってのも否定しないけどね」

「お金に関しては、好きとか嫌いとか悠長《ゆうちょう》なこと考えてないんじゃない？　はっちゃんの場合、生活かかってるから必死だよね」

「……生活？　……波多野さんって小説で食べてるんですか？」

「あれ？　サトちゃん知らないの？」

知らないも何も…僕はまだここにきて三日目で、波多野さんとはほとんどまともな会話をしたこともなくて……。考えてみれば、波多野さんのことなんて何にも知らない。

……なんだか僕だけ一人で空回りしている気分だった。おまけに酔いで天井《てんじょう》までもがぐるぐる回っている。

アルコールに耐性のない身体は、いともたやすく睡魔の侵略をうけ、思考回路がわやくちゃになっていく。

「それじゃもしかして『つきのひかり』がはっちゃん自身をモデルにした小説だってことも知

らなかったとか？」

望先輩のそんな言葉を朦朧《もうろう》と聞きながら、僕は睡魔に白旗を振った。

毛布の下の自分の手から缶ビールが抜き取られるのを、半分眠りに落ちながら感じていた。

「ビール半缶で酔いつぶれちゃうなんて可愛いなぁ。……ねえ、きいっちゃん、この残り飲んでもいい？　それとも保護者の承諾が必要？」

「まあいいだろう。そのかわり、俺のいないところでは酒も煙草《たばこ》もご法度《はっと》だぞ」

「はーい。……だけど面倒だよねぇ。これからセックスするときは毎回群馬《ぐんま》に電話して、承諾貰わなくちゃなんないなんて」

「……望。マジで実行するなよ。俺は教職を追われるのも、おまえのじいさんに殺されるのも御免こうむるからな」

「おじいちゃんは喜ぶと思うよ。僕と美希の将来が心配で死ぬに死ねないっていつも嘆《なげ》いてるからさ、少なくとも僕の方はきいっちゃんが一生面倒みてくれるってわかれば、安らかに天国に行けるんじゃないかな」

「……まあ、死ぬに死ねない状態からは脱せるだろうな。常識的なご老人なら、事実を知ったらすみやかにショック死できる」

会話の脈絡が理解できなかったのは、きっと酔いと眠気のせいだったんだろう。

次の朝。階段の下で、僕は大きく深呼吸した。

手には一人分の朝食をのせたトレー。今日は和食で、ご飯と豆腐の味噌汁《みそしる》、ベーコンエッグ、トマトのサラダ、それに鰯《いわし》の丸干《まるぼ》しというメニュー。

もう食事当番は完全に僕の役割に固定してしまい、今朝、石田《いしだ》先生から一ヵ月分の食費が入った財布と家計簿まで渡されてしまった。理不尽《りふじん》なものを感じないでもなかったが、見返りとして食費を免除してくれるというので、ついつい承諾《しょうだく》してしまった。……波多野《はたの》さんのことを金に汚いなんて言えた立場じゃないかも。

結局、きのう波多野さんは夕飯におりてこなかった。つまりあのオムライス以降、何も食べてないということで……。

「放っておけよ。腹が減れば自分で食べに来るさ」

と、石田先生は悠長《ゆうちょう》に構えているけれど、波多野さんの乱れきった食生活は、僕にはどうしても我慢ならない。

ちゃんと食事を摂《と》らない人間を見ていると、腹が立ってくる。

これは波多野さんのためじゃなく、あくまで僕自身の腹立ちを鎮《しず》めるための行為だ。

二階は南向きに八畳の和室が二部屋、並んでいる。

手前は石田先生の部屋で、初日に一度中を見せてもらった。今日は当人は入学式の準備とかですでに学校に出勤している。

奥の部屋の前で、再び深呼吸。

よし。今日はどんな嫌味も嫌がらせも全部黙殺してやるぞ。

トレーを渡したら、さっさと階下に引き上げるんだ。

「波多野さん。朝ごはん持ってきました」

――――。

「……片付かないんで食べちゃってください」

――――。

「……失礼します」

それでも一応声をかけて、ドアを細く開けてみた。朝日が青いカーテンに遮断《しゃだん》されて、部屋のなかは海底のような色合いだった。付けっ放しのワープロが、白々と光を放っている。いまどきワープロっていうのもなんか珍しい感じだ。

このボロ家の唯一《ゆいいつ》の美点は、最近の建築と違って、間取りが広々しているところだ。僕の住んでた社宅の八畳間なんかと比べると、二回りくらい広い。

波多野さんはいなかった。ベッドも空《から》っぽだった。やっぱり出掛けてしまったのか、とドアを閉めかけたとき、ふと何かが視界の端を掠《かす》めた。

闇《やみ》がわだかまる床の隅っこで、カーペットと一体化しているのは……。

「波多野さん⁉」

トレーを廊下に放り出して、俯《うつぶ》せに引っ繰り返っている細身の長身に駆け寄った。

「波多野さん、どうしたんですか？」

肩を揺すると、微《かす》かに身動《みじろ》いだ。

「……うるせーな。朝からサルみたいにぎゃーぎゃー騒ぐな」

「……具合悪いんですか？」

「睡眠《すいみん》をとってるんだよ。見りゃわかるだろうが、このサル」

……サルサルって一体何なんだよっ。見てわかんないから訊いてるんじゃないか。

「寝るならベッドで寝てください。風邪ひきますよ」

髪をかきあげながら、波多野さんはのろのろ身体を起こした。

「……なんで俺がおまえに説教されなきゃならないんだよ。どこで寝ようがコザルの知ったことじゃないだろう。大体、勝手に人の部屋に入って来るんじゃねぇよ」

鬱陶《うっとう》しそうに睨《にら》まれて、むかっとくると同時に、なんだか妙に悲しいような悔《くや》しいような気分にもなった。

好きな有名人とは、迂闊《うかつ》に知り合いになんかなるものじゃない。遠くから見ていれば幻滅《げんめつ》することもなかったし、こんな風にあからさまに疎《うと》まれることもなかったのに。

「別に僕だって来たくて来たわけじゃないです。朝ごはん、片付かないから、食べちゃってください」

僕は廊下からトレーを持ってきて、机の上…はワープロと紙と開きっぱなしの数冊の本で占領されていたので、椅子の上におろした。

閉め切ったカーテンを開けると、

「眩《まぶ》しい！　勝手なことするなよ」

怒鳴られたけど、無視して、窓も全開にした。

「こんな閉め切った部屋に籠《こ》もってたら、身体壊しますよ。食事もちゃんと規則正しく食べてください！」

余計なお世話なのは重々承知で、でも身についた習い性で、こういうメチャクチャな生活を送っている人を見ると、くちばしをはさまずにはいられない。

波多野さんへの苛立《いらだ》ちと自己嫌悪でぐらぐらしながら、反撃される前に逃げ出した。

階段の途中で下から電話のコールが聞こえた。電話のある居間に向かうと、一足先に駆けつけた美希先輩が子機を手に取るところだった。

「はーい、秋霖《しゅうりん》第二寮です」

明るい声でのんびり喋《しゃべ》る。

「あー、いえいえ、こちらこそ奥《おく》ちゃんには毎日おいしいごはんを作って頂いてごちそうさまでございます」

あまりにのどかな口調に思わず膝《ひざ》がゆるんだ。振り向くとにへらっとした笑顔と一緒に、子機が差し出された。

「おにいさまですって」

「あ、すみません」

こんな朝っぱらからいったい何の用だろう。

「もしもし?」

『ぎゃっはははは』

返事のかわりに、けたたましい笑い声が響いてきた。

「……晃《あきら》兄?」

『おまえさぁ、寮に入ってもおさんどんやらされてるわけ?』

「……わざわざ嫌味言うために京都《きょうと》から電話なんかかけてくるな。切るぞ」

『あ、なんだよ、可愛《かわい》げのない野郎だな。親元を離れて暮らす弟の身を案じて電話してやったんじゃないか。オニイチャンの愛情を踏《ふ》み躙《にじ》るのかよ』

「……そりゃどうも」

『なーんちゃって。実はおふくろから、聡《さとる》が無事に寮についたかどうか確認の電話入れとくようにって二万円もらって頼まれてたんだけど、すっかり忘れちゃっててさ』

そんなことだろうと思った。弟の安否《あんぴ》を気遣《きづか》うような細やかな神経、持ち合わせてる人じゃないもんな。

『それで今慌ててメモの番号に電話したら、なーんか手違いがあって、別の寮に送られちゃったっていうじゃん。相変わらずだせーなぁ、サトルくん』

「余計なお世話だ」

晃兄はまたひとしきり大笑いした。

『で、その第二寮とかいうとこの居心地はどうなんだよ。うまいことやってるか？』

僕は一瞬返答に詰まって、ガラス越しの裏庭に眼をやった。

あまり日当たりのよくない、猫の額ほどの庭で、藤井シスターズが移植ごてを片手に、何かの苗を植えていた。

この、どこかテンポのずれた風変わりな双子《ふたご》と、頭のネジがゆるんだ教師と。そして乱暴粗暴横暴の、3B男、波多野帝《はたのすぐる》。

表面上はともかく、気分的にはうまくいっているとは言い難い。正直なところ、一人で東京に残ったことを後悔しまくっている。

いっそ晃兄のところへ転がりこんでしまおうかと、一日に十回くらい、考えたりしているほどだ。

だけどいざこうやって晃兄のからかい口調を聞くと、弱音なんか吐《は》くもんか、と意地になってしまう。

「……もうすっかり慣れたよ。あの狭苦《せまくる》しい社宅より、全然快適」

『そいつは何より。……そういえば、さっき電話にでた可愛い声の女の子も寮生？』

「うん」

『男女ごちゃ混ぜの寮なのかよ。結構おいしい環境じゃねぇか』

……どうも美希先輩を対象においしい・まずいの議論をするのは、洗面器を相手に欲情するのと同じくらい困難だという気がしたけど、「まあね」とさも楽しそうに相槌《あいづち》をうっておいた。

『あーあ。聡が慣れない寮生活で苦労してたり、上級生にいびられたりって話を期待して、胸をときめかせてたんだけどなぁ。ちょい、がっかりだな』

「……そういう奴《やつ》だよな、あんたは」

受話器に向かって思いっきり舌を出してやる。

晃兄には物心ついた頃からいじめられ通しなのだ。

今でこそ健康が取り柄の僕だけれど、小学生の頃は喘息《ぜんそく》持《も》ちの腺病質《せんびょうしつ》な子供だった。些細《ささい》なことで熱を出しては、母さんを心配させていた。

末っ子の達也《たつや》の出産で母さんが入院していたときには、女手のない家に置いておくのは不安だからと、僕だけが逗子《ずし》の祖父母の家に預けられた。その時だって、晃兄は、「おまえは病気ばっかりしてる厄介者《やっかいもの》だから、追い出されるんだ」なんて意地の悪い冗談を言って、いたいけな子供心を思いっきり傷つけてくれた。僕は逗子にいる間中ずっと、もう二度と東京の家には戻れないのだと思い込んでいた。

『まあ、なんだかんだ言いながら、おまえって順応力あるしな。親父もおふくろも、おまえだったら一人で東京に残しても心配ないって言ってたし。晃と違ってしっかりしてるからなんて嫌味言われちゃったもんな』

僕がしっかり者なのは、晃兄のあの意地悪も影響している。

厄介者の役立たずのままでは、追い出されてしまう。子供心にそんな危機感を覚えて、僕は一生懸命《いっしょうけんめい》、役に立つ人間になろうとした。

先生や親の言うことはちゃんと聞いて。家の手伝いをして。

宿題を忘れたことなんて一度もない。元気の出ない朝でも、母さんに心配をかけないように、晃兄にいじめの粗探《あらさが》しをされないように、無理遣《むりや》りにでも朝ごはんを食べた。

今ではそれがすっかり習い性になって、親からも親戚内《しんせきうち》でもご近所でも学校でもしっかり者と呼ばれてる。

夜遊びしたり、酒や煙草《たばこ》に手を出したりなんてことは、絶対しないと信頼されてる優等生。

……言い換えれば、超つまんない人間ってこと。

『そんじゃ俺、今から寝るから』

「寝る？　……って朝の九時に？」

『ああ、今帰ってきたとこなんだ。昨夜《ゆうべ》コンパで結局終電逃《のが》しちゃってさ。仕方ないから朝までガード下でプーのおっさんたちと飲んでたんだ。おかげで、実は今すんげー気持ち悪い。電話ごしに吐いてもいい？』

「……さっさと寝ろよ」

言い捨てて僕は電話を叩き切った。


「おにいさん、何だって？」

庭から美希先輩が声をかけてきた。僕は開けっぱなしの引き戸からサンダルをつっかけてぶらりと庭におりた。

「元気でやってるかって。それだけです」

「ふうん。やさしいおにいさんねぇ」

「ハハハ」

思わず乾いた笑いを笑ってしまうぞ。

「ところで何を植えてるんですか？」

望先輩がファルセットのきいた『赤いスイートピー』を歌ってくれた。

「向かいの仁科《にしな》さんが、いっぱい芽が出たからって苗をわけてくれたんだ」

「スイートピーって、直訳すると甘いお豆ってことよね。収穫《しゅうかく》したらピースごはん作ってね、奥ちゃん」

「……多分食用にはならないと思うんですけど」

ぐったり。

「だけど花壇《かだん》作る前に、この雑草どうにかしたほうがいいんじゃないですか？」

前庭同様、ここも雑草茂《しげ》り放題で、空《あ》き家《や》の庭みたいだ。僕はぼさぼさした葉っぱに手をかけ、引き抜こうとした。

「あっ、だめだめ、抜かないで。先住権の侵害《しんがい》よ」

「先住権って…こんな名もない雑草に先住権も何もありませんよ」

「名前がなかったら新種だよ」

移植ごてでざくざく地面を掘り返していた望先輩が笑った。

「それはすずめの帷子《かたびら》っていうイネ科の二年草だ」

……すずめの帷子ねぇ。どこにでも生えてるこんな汚い雑草にも、偉《えら》そうな名前がついてるんだ。

「じゃ、これは？」

僕は蒲《がま》の穂《ほ》をままごとサイズにしたようなやつを引っ張ってみせた。

「それはすずめの鉄砲《てっぽう》」

またすずめか。

「じゃ、こっちのは何ですか？」

それは逗子の祖父母の家の庭先にもはびこっていた雑草だ。チビサイズのスイートピーって感じの草で、小さなピンクの花が咲いたあと、莢《さや》をつける。

「それはすずめのえんどう」

「……すずめばっかりですね」

「うん、雑草には多いんだよね、すずめのなんとかって名前」

「すずめのコザル」

唐突に背後から陰険な声が降ってきた。

「あ、はっちゃんおはよー」

双子が声を揃《そろ》える。

波多野さんは面倒臭《めんどうくさ》そうにトレーを僕に突っ返してきた。

……せめて台所まで持っていけよ、とむかついたものの、一応半分ほど食べてあるのを見て、ほっとした。しかし、鰯は手付かず。

「魚、キライなんですか？」

「俺に魚を食わせたかったら、骨と皮を取ってこい」

……なんで僕があんたのためにそこまでしなきゃなんないんだよ。だいたい、丸干しの皮をとって食う奴《やつ》なんかいないぞ。

「波多野さん、原稿出来たんですか。確か昨日のうちにファックスするって言ってませんでした？　……ってて」

悔しいので切り返したら、むにゅっと頬を抓《つね》られた。

「出来ようが出来まいが、てめーにゃ関係ないんだよ」

その様子じゃどうせ出来てないんだろう。

「……そりゃ、僕には関係ないことですけど。約束ごとを守るのは人として当然の礼儀だと思います」

「俺はな、約束だの規則だのを律儀《りちぎ》に守るつまんねぇ人間が一番キライなんだよ。覚えとけ、コザル」

「……サトルです」

望先輩が地面を掘るリズムに合わせて、能天気に『けんかをやめて』を口ずさんだ。選曲の古さに脱力していると、猫みたいにのらくらと美希先輩が寄ってきて、僕の手からトレーをおろした。

それから僕の右手と波多野さんの右手を、強引に繋《つな》ぎあわせた。

「はい、仲直り」

わーっ、やめろ！　僕はこんな男と手なんか繋ぎたくない。

「あら、奥ちゃん、何赤くなってるの」

「あ、赤くなんかなってませんっ！」

振りほどこうとしたら、なんのつもりか波多野さんの節の張った長い指が、手首をつかみ直してきた。

「……脈拍増進。体温上昇」

「なにを……」

「コザルに欲情されても嬉《うれ》しくねえよ。手のひらまでこんなに汗ばんじゃって、アブナイ奴だな」

望先輩の鼻歌が『みんな愛のせいね』に変わった。

「これは冷や汗ですっ！」

寄ってたかって人をおもちゃにするのはやめろ！

タイミングよく、玄関の呼び鈴が鳴った。力いっぱい手を振りほどいて、玄関に向かった。

しかし。そこに立っていた黒いパンツスーツのおねーさんを見て、僕はますますゲンナリした。

「ああ、奥寺《おくでら》くん、ちょっとあがらせてもらうわよ」

ヌリカベの編集者、若井《わかい》さんは、さっさと靴《くつ》を揃えている。

「……奥村《おくむら》です。あの、波多野さんは留守ですけど」

また絡まれてはたまらないので、言われたとおり居留守を使ってみたのだが、若井さんは口元に強気な笑みをひらめかせた。

「いるのはわかってるのよ。外からちゃんと声が聞こえたもの」

若井さんは廊下をどんどん奥へ入っていってしまい、僕は慌ててあとを追った。

「帝先生！　今日という今日はタイムリミットよ！」

日当たりのいい廊下に寝そべっている波多野さんを見つけて、若井さんは仁王立ちになった。

波多野さんは顔をあげ、「あ、どうも」と挨拶《あいさつ》をした。その視線がちらりと陰険に僕を舐《な》め、唇の形だけで「サル」と悪態をついてよこした。若井さんを通したことで、またもご機嫌をそこねたらしい。

「どうもじゃないわよ！　こんなところでひなたぼっこしてるヒマがあったら、原稿を仕上げて頂戴《ちょうだい》！」

ヒステリックな口調が恐ろしいので、僕は花壇作りの手伝いに逃避しようと裏庭におり、茶化すように『決戦は金曜日』を口ずさむ望先輩に声をかけた。

「この移植ごて、借りてもいいですか」

しかし、この人の選曲はどうしてこんなに古いんだ？　僕にはサビの部分くらいしかわからない曲ばっかり。

「いいよ。……あ」

望先輩は何かを思いついたように、僕の手元をしげしげと眺《なが》めた。

「ねえねえ、『移植ごて』と『行かず後家』ってなんか韻《いん》を踏んでて雅《みや》びだよね」

どこがどう雅びなんだっ!?　しかも、ただでさえ殺気立ってる場面で、へらへらと不穏な台《セ》詞《リフ》を吐くのはやめてほしい。

「ちょっと、望、そんなこと言ったら、若井さんに失礼よぉ」

だからっ、なぜそこで駄目押しの一撃をいれるんだよ！

案の定、背後の空気がぴしっと凍り付いた。

「……ヒステリーな行かず後家で申《もう》し訳《わけ》ないわね、双子ちゃんたち」

ジロリとこちらをねめつけてから、若井さんは波多野さんに向き直った。

「とにかく、今すぐ原稿を仕上げて。ここで一時間待たせてもらうわ。それであがらなかったら、写真と差し替えます」

抱《かか》えていた社名入りの封筒をひらひら振った。

「差し替え用の写真持ってきたから。この中から四点選んでちょうだい」

波多野さんは肩を竦《すく》めて立ち上がった。

「猶予《ゆうよ》は一時間よ」

「一時間か。俺のペースだと一枚がやっとですね」

「……帝クン」

腰に手を置いて、若井さんは地の底から響くような声を出した。いつのまにかセンセイからクンに格下げされている。

「あなたね、今は時代の寵児《ちょうじ》でちやほやされてるけど、人気なんて水物なのよ。あまりいい気にならない方がいいわよ」

結構きついことを言う人だな、と、思わず土を掘る手が止まってしまった。

「催促《さいそく》も来ないかわりに、一度原稿落としたら、もうそれきり一切依頼がもらえないような作家だって、この業界、掃《は》いて捨てるほどいるのよ。はっきり言うけど、出版社にとって作家なんて消耗品《しょうもうひん》なんだから」

「…………」

「特にあなたの場合、ファンの八割はその若さとルックスについてると思ったほうがいいわ。あなた程度の文章が書ける作家なんて、他にいくらでもいるんだから。せいぜい締切守る努力くらいした方がいいわよ」

頭の中で、何かがブチ切れる音がした。

僕は移植ごてを地面に突き立てて、立ち上がった。

「サトちゃん？　どうしたの？」

望先輩の訝《いぶか》しげな声を無視して、廊下に歩み寄った。

「波多野さん、原稿書いてください」

「……え？」

「原稿、今すぐ書いてください！」

自分でも驚くような剣呑《けんのん》な声が出た。波多野さんは眉根《まゆね》を寄せ、若井さんは呆気《あっけ》にとられたように眼を見開いた。

「さっさと書かないから、こんなオバサンに好き勝手言われちゃうんですよ！」

「オバサンですって⁉」

心外だと言いたげな編集者を、僕は思い切り睨み返した。自分でも理解できないとりとめのない怒りで、頭のなかが膨張《ぼうちょう》して、鼓膜《こまく》が内側から突き破られそうな感じだった。

「確かに波多野さんは、わがままだし横暴だし乱暴だし、口は悪いし、性格悪いし、偏食《へんしょく》だし、基本的生活習慣はなってないし……」

「……おい、コザル」

「だけど、才能はホンモノだって、ド素人《しろうと》の僕にもわかりますよ。顔とか若さとか、そんなの関係なしに『つきのひかり』は名作です。あの良さがわからないんだったら、編集者なんて辞

めた方がいいです」

結局、処分できずに荷物のなかに戻した、空色の表紙の本。『つきのひかり』は、唯一の身内である母親が入院してしまったために、児童相談所に預けられた少年の日常を、一人の職員の視点で綴《つづ》った物語だった。

初めて読んだとき、僕は逗子で過ごした三週間のことを思い出した。十歳の子供にとって、親と離れて暮らす二十日間は長くて淋《さみ》しかった。そのうえ、晃兄のからかい台詞《ゼリフ》を半分本気にして、もしかしたら僕はいらない子供なのかもしれない、なんてお子さま特有の悲劇的な思い込みに浸《ひた》っていたから、気の晴れない毎日だった。

三週間、親類の家で過ごすというだけでそれだったから、いつ帰れるというあてもなく施設で暮らす少年に、僕は大いに同情した。

しかし物語の中の少年は、自分の境遇を気に病むでもなく飄々《ひょうひょう》としていた。彼は些細《ささい》な日常の出来事のなかに、楽しみを見つけだすのが上手《うま》かった。夕飯に珍しく枇杷《びわ》のデザートがついたとか、学校帰りにトカゲをつかまえたとか、取るに足らないことにでも満足を見いだして、「生きてるって楽しいことばっかりだ」とにっこりする。

素直で、根っから明るく、手のかからない子供——語り手は少年に対してそんな印象を抱《いだ》いていた。

物語の後半、施設に母親の訃報《ふほう》が届く。気丈に受けとめたかに見えた少年だったが、夜中にベッドから姿を消してしまう。語り手は心当たりを探し回り、海辺で少年を見つける。

「クライマックスの海辺のシーン、僕はすごく頭のなかに焼き付いてるんです。少年が、重油みたいに黒くてどろっとした夜の海に足首を浸《ひた》して立ってて、探しにきた語り手は彼がそのまま海の中に入っていってしまうんじゃないかって、不安になって、駆け寄っていくんです」

まるで映像のように、そのシーンが鮮明に頭の中に浮かびあがった。少年はなぜか、波多野さんの顔をしていた。

「振り返った少年は、泣《な》き腫《は》らしたひどい顔をしてる。でも、語り手の顔を見ると、海面に映《うつ》る月を指差して、いつものようににっこり笑うんです。『あんなきれいな月の光が見れるなんて、生きてるって素晴らしいですね』って」

その震える指先を見て、語り手は幸せ探しが上手《じょうず》な少年の心の裏側に気付くのだ。

複雑な家庭で育ち、身内の縁に薄かった少年は、自分の人生や将来に、明るい展望を抱《いだ》くことができない。その絶望感から身を守るために、常に些細な何かに自分が生まれてきたよりどころを求めずにはいられない。

『些細なことにも生きている意味を見いだせる』のではなく、『些細なことにしか生きている意味を見いだせない』のだ。

身にしみついた健気《けなげ》な癖《くせ》が、なんとも切なく悲しいシーンだった。泣き叫ぶより、海に身を投げ出すより、胸にこたえた。

波多野さん自身を擁護《ようご》する気持ちなんてさらさらないけど、波多野さんの才能を蔑《さげす》むような発言は、感動した僕まで蔑まれてるみたいで、我慢ならない。

「あの小説を読んで、波多野さんの才能がわからないんだったら、それはつまりあなたに編集者としての才能がないってことだと思います」

「言う言う。サトちゃんって結構コワイ人だったんだね」

「やっぱり愛って偉大ね」

藤井シスターズが場違いなのどかさで半畳《はんじょう》を入れる。

毒気を抜かれたように呆然《ぼうぜん》としていた若井さんは、ため息をついて髪をかきあげた。

「……あのね、奥山《おくやま》くん。私は……」

「奥村だって言ってるでしょう！」

「おい、コザル」

「サトルですっ!!」

キッと波多野さんに向き直る。

「そんなところでぼやぼやしてないで、さっさと原稿書いたらどうですかっ」

「……ったく。ホントにおまえはコザルのように騒がしいな」

嫌味なまでに整った顔に、かすかに笑みが閃《ひらめ》いた。

「原稿なら、もう出来てる」

「え？」

若井さんと二人で、思わずハモってしまった。

「出来てるって……」

「昨夜書きあがって、プリントアウトもしてある」

「ちょっと、それならそうと早く言ってよ！」

「言おうと思ったら、コザルがしゃしゃり出てきて、タイミングを逸《いっ》した」

「え……あの……」

「まあ、厳《きび》しい取り立てのお礼に、ちょっと勿体《もったい》ぶって焦《じ》らしてやろうっていう気がなかったわけでもないけど」

「……帝クン。私が胃潰瘍《いかいよう》で入院したら、治療費は全額支払って貰《もら》うわよ」

若井さんはこめかみを押さえて、力尽《つ》きたようにその場に座り込んだ。

波多野さんは原稿を取りにさっさと自室にあがっていってしまった。

……何なんだ、いったい。

結局、僕一人でカッとなって大騒ぎして……。バカみたいじゃないか。

おまけに、激情にまかせて若井さんにすごいことを言ってしまった。

僕は動転しながら、若井さんに頭を下げた。

「すみません。言い過ぎました」

若井さんはのろのろ顔をあげて、僕をちょっと睨んだ。

「覆水盆《ふくすい》に返らずって言葉、知らないの？」

「……すみません」

「まあ、熱烈なファン心理に免じて大目に見てあげるわ。私の言い方も悪かったし」

ファン心理……。

「僕は波多野さんのファンなんかじゃありません」

「何よ、いまさら。おかしな子ね」

若井さんはコイル巻きの眉《まゆ》を解いて、くすりと笑った。

誤解だっ！　ホントにファンなんかじゃないんだっ！

「あのね、作家っていってもいろんなタイプの人がいるじゃない？」

僕の当惑《とうわく》などおかまいなしに、若井さんは言った。

「帝クンはおだてが通用しないタイプで、むしろ神経逆撫でするようなこと言ってあおった方が、仕事にエンジンがかかるって人なのよ。だからあの程度の罵詈雑言《ばりぞうごん》は日常茶飯事《さはんじ》。私だって帝クンの才能は買ってるのよ。だから上に無理言って、ぎりぎりまで原稿待って貰って、それこそ胃に穴があくような苦労してるんだから」

僕はますます居たたまれなくなった。そんな事情、全然知らずに、一人で逆上《のぼ》せあがって……。

「ホントすみません」

「いいのよ。無能編集者扱《あつか》いに関しては、水に流してあげる。そのかわり……」

口元だけで笑って、僕の頬をぴちぴち叩く。

「オバサン呼ばわりの償《つぐな》いは、いずれきっちりして貰うわよ」

背筋をぞぞっと悪寒が駆け抜けた。


「えーと、それでは奥村聡《おくむらさとる》クン、当寮へウェルカームッの歓迎会と、波多野帝《はたのすぐる》センセー、原稿完成おめでとーっのお祝いを兼ねまして、乾杯！」

「カンパーイ！」

石田《いしだ》先生の音頭に復唱したのはもちろん藤井《ふじい》シスターズだけ。……だけといっても、一人で十人分は騒がしい。ドンドン・パフパフ言いながら、麦茶のグラスを振り回している。

「……たかがエッセイ一本あがっただけで祝われたくねぇよ」

向かいの波多野さんが箸《はし》を割りながら迷惑そうに呟《つぶや》いた。

僕にしたって、初日ならともかく、生まれたときからこの人たちにいびられているような気分になっている今になって、歓迎会って言われてもピンとこない。まあ、石田先生がポケットマネーでお寿司《すし》をおごってくれたおかげで、夕飯の支度《したく》をしなくて済んだのはありがたいけど。

「……これ食えないから取り替えろ」

偉《えら》そうに言って、波多野さんがハマチとコハダの握《にぎ》りを僕の皿に移してきた。

昼間、頓珍漢《とんちんかん》な熱弁をふるってしまったことがきまり悪くて、例によってまた馬鹿にされそうで、何となく波多野さんとは目を合わせにくい。

「あの……」

「人の偏食《へんしょく》に因縁をつけるくらいだから、コザルは何でも食えるんだろう」

「食えますけど……イクラとトロを攫《さら》っていくってのは不条理だと思うんですけど」

「わがままな奴《やつ》だな」

どっちがだよ！

「じゃ、これもやるよ」

「ガリなんかいりません！」

不毛な争いに気をとられているうちに、ふと気付いたら、向かいでは望《のぞむ》先輩と美希《みき》先輩が嬉々《きき》として昼間の若井《わかい》さんとの一件を石田先生に吹聴《ふいちょう》していた。

「——でね、そこでサトちゃんが『僕の大事な波多野さんを愚弄《ぐろう》する奴は女子供といえども容《よう》赦《しゃ》しないぞっ！』って凄《すご》んで……」

「言ってません！　そんなことっ!!」

思わず顔に血がのぼる。勝手に話を作るなよっ！

「言ったわよねぇ、それに類するようなことを。それに、はっちゃんの魅力がわからないんだったら、人間やめたほうがいいとも言ってたわよ」

「言ってませんてば！　二人とも勝手に話を作らないでください！」

制止も虚《むな》しく、二人は油でも舐《な》めたんじゃないかと思うほどよく回る舌で、あることないことをまくしたてた。

ただ一人、波多野さんだけが、我関せずの無表情で、イカをすし飯から剝《は》がしてワサドをこそげている。

「そうか。奥村がそこまで熱烈な波多野ファンだったとはねぇ」

腕組みした石田先生が、しみじみと頷《うなず》いた。

だから、そういうのやめろってばっ！

否定しようにも、本人が目の前にいたら何も言えないじゃないかっ。

僕は『つきのひかり』が好きなのであって、作者が好きなわけじゃないぞ。罪《つみ》を憎《にく》んで人を憎まず、ならぬ、作者を憎んで作品を憎まず、ってやつだ。

「サトちゃん、食べないの？」

あれだけ喋《しゃべ》って、とても食べる暇《ひま》なんてなさそうなのに、望先輩の皿はあっという間にカラになっていた。一方僕はすっかり食欲を失って、半分ほどで箸が止まっていた。

「食べたかったらどうぞ」

「えーっ、ホントに？」

「……どうぞ」

「うれしーっ。じゃ、お礼に……」

いきなり席を立って、ばたばた居間の方に駆け出して行く。いったい何事だ？　と呆気《あっけ》にとられていると、なにかを携《たずさ》えて戻ってきた。

「お礼に、シャイなサトちゃんにかわってサインを貰《もら》ってあげるね」

あろうことか、それは鞄《かばん》の中に突っ込んでおいた『つきのひかり』だった。

「勝手に人の持ち物を漁《あさ》らないでください！」

取り返そうと手をのばすと、ひょいとかわして波多野さんの背後に逃げ込む。

「サトちゃんはね、この本抱いて眠っちゃうくらい熱烈な、はっちゃんのファンなんだよ。サインしてあげて」

波多野さんは穴子《あなご》を口に運びながら、胡乱《うろん》げな目付きで本と僕とを見比べた。

思わず耳まで赤くなる。

そりゃ、『つきのひかり』のファンだってことは自分で暴露《ばくろ》しちゃったけど、いかにも繰り返し読みました、って感じの手垢《てあか》のついた本を当人に見られるなんて、きまり悪すぎる。

波多野さんはむっつりしたまま本とマーカーを受け取った。

表紙を開いて水色のあそび紙に慣れた手つきでペンを走らせている。

背後で手元を覗《のぞ》き込《こ》んでいた望先輩が、うひゃひゃ、と吹き出した。

身を乗り出して本を覗き込んだら。

サインと思われる横文字の筆記体が、ほとんど見えないいくらい小さく下の方に書いてあって、ページの半分は「コザル賛江《さんえ》」という巨大な文字で埋まっていた。

「人の本で遊ばないでくださいっ！」

「俺の本だ」

メチャクチャなことを言いながら、今度は裏表紙をめくって、カバーの内側の、『著者近影』に眼鏡と髭《ひげ》を描き入れた。

「やめてくださいっ！」

やっとのことで奪い返したときには、写真は原型を失っていた。

「それ、プレミアつくわよ〜」

美希先輩がのどかに笑った。

どうして寄ってたかって人をオモチャにするんだ。いったい僕が何をしたっていうんだーっ！

食事のあと、いつものように居間に場所を移してお茶を飲む段になって。

「皆さん緑茶でいいですよね」

もう、すっかり諦《あきら》めの境地で、おさんどんの身分に甘んじている僕は、食器棚から急須《きゅうす》を取り出した。

そのとき、居間の方に出ていきかけていた波多野さんが、ふと振り返った。

「俺は緑茶じゃなくて、あれが飲みたい」

「……あれ？　……ってなんですか？」

「昨日のあれ。紅茶風味の薄甘い牛乳」

ぼそっと言って、出ていってしまう。

……びっくりだった。

寿司のあとにロイヤルミルクティーっていう取り合わせの妙にも驚いたけど、それ以上に、僕の言動はことごとく気に入らないんだと思ってた波多野さんが、僕の入れたお茶をリクエストしてきたというのが驚きだった。

のれんごしに呆然《ぼうぜん》と長身の背中を見送っていたら。

「はっちゃんばっかりずるい～」

テーブルの片付けを手伝ってくれていた美希先輩が頬をふくらませた。

僕はわけもなくうろたえ、急須の蓋《ふた》を転がしてしまった。

「あ、美希先輩もミルクティーがいいですか？」

慌《あわ》てて愛想《あいそ》をとりつくろう。

「ううん。私はねぇ、ミルクなしで、お砂糖三杯の紅茶」

「……はいはい。紅茶風味の砂糖水ですね」

「オイラはコーヒー風味の砂糖水ね」

玉のれんから顔を出して、望先輩。

次いで居間から石田先生の声がした。

「俺はかつお風味のほんだしにしてくれ」

「ナーイス、きいっちゃん！　座布団《ざぶとん》一枚半！」

……ホントに作るぞ！


結局、僕と先生の分は緑茶にして、居間でしばしの団欒《だんらん》タイム。

テレビを眺《なが》め、とりとめのない会話をしながらのお茶は、家にいた時の茶の間の風景とほとんどかわらなくて、ほっとするようなうんざりするような複雑な気分だった。

一番に座を立つのはいつも波多野さん。

今日もいち早くカップを空《あ》け、ごちそうさまも言わずにさっさと立ち去ろうとする。

「ちょっと待て」

それを石田先生が呼び止めた。

「今から家族会議を執《と》り行《おこな》うから、そこへ座れ」

波多野さんは目をすがめて、ぐるりと一同を見渡した。

「……いつから家族になったんだ？」

「一つ屋根の下で暮らせば家族も同然だろう。美形の若夫婦と可愛《かわい》い三つ子。絵になるねぇ」

「……あんたのツマになるくらいなら、地獄《じごく》に百回落ちたほうがましだよ」

「じゃ、俺が受《うけ》でもいいぞ」

たまたま視線がかちあった僕に「な？」と意味不明の同意を求めてくる。

「受ってなんですか？」

素朴《そぼく》な疑問を返すと、藤井シスターズが能天気な笑い声をあげた。

「はっちゃんに訊《き》けば実地で教えてもらえるかもよ～」

「こらこら、ふざけるのはそのくらいにして、本題に入るぞ」

「……あんたが一番ふざけてるんだろうが」

石田先生に軽蔑《けいべつ》の視線を送りながら、波多野さんは廊下との境に立て膝で座った。

「本題って何だよ？」

「それなんだけどさ、あさってから新学期が始まるってのに、奥村をいつまでもここで寝起きさせておくのは可哀相《かわいそう》だろう？　そこで、部屋割りを話し合いたいと思うんだが」

なんだ。一応そういうことを考えてくれてたわけだ。

「方法としては、奥村を誰かと同室にするか、あるいは、例えば美希と望に組んでもらって、奥村のために一室あけてもらうか、という二通りがあるんだけど」

望先輩は鹿爪《しかつめ》らしい顔で腕組みをした。

「うーん。だけど僕と美希とじゃ近親相姦《そうかん》になっちゃうしね」

熱いお茶が逆流して、僕は思いっきりむせかえった。

「なんでそういうことになるんですか！　動物園の仕切りの話じゃあるまいしっ」

「どうどう、落ち着け奥村」

「僕は馬じゃありません！」

「だから望と美希って言ったのは例えばの話で、望と波多野が組んでもいいし」

「でもはっちゃんは別枠《べつわく》でしょ？　他人のいるところじゃ絶対眠れない人だし」

いかにもって感じの、わがままぶりだ。

「まあそうだな。だから俺が望を引き取ってもいいし、奥村が俺か望と組んでもいいし」

僕はぐったり壁にもたれ掛かった。

「……別に僕はずっとここでもいいですよ」

こんなわけのわからない人たちと同室になるくらいなら、ここで毎晩踏まれるのを我慢してる方がましなような気がする。

「だけど、こんなところじゃ落ち着かないでしょう？　布団をしまう場所もないし、みんなの所持品が散乱してるしぃ」

「そうだよねぇ」

美希先輩の言葉に、望先輩も頷いた。

「それじゃ、僕の部屋をサトちゃんに譲《ゆず》って、僕はきいっちゃんのところに転がりこもうか？　きいっちゃんと同室だったら、マウス・ツー・マウスで数学教えてもらえるし」

僕は再びお茶を吹き出してしまった。

「……てめーそりゃマン・ツー・マンだろうが」

波多野さんが、うんざり声で訂正を入れた。

「あ、そうか。はっちゃんナイス！　座布団三枚！」

「……ナイスなのはおまえのイカれた脳味噌《のうみそ》だよ」

言い捨てて、座を立ってしまう。

「おい、波多野。まだ話し合いは終わってないぞ」

「こんなドアホーな団欒に付き合ってるヒマがあるなら眠りたいんだよ。昨日から一時間しか眠ってないんだから」

一旦《いったん》部屋を出ていきかけて、ふと足を止め、何を思ったのか部屋の隅にたたんであった僕の布団をずるりと引きずった。

「……座布団三枚のかわりに、これ貰《もら》ってく」

「は、波多野さん！　ちょっと何を……」

ずるずるずる…と布団は無理遣《むりや》りドアの隙間を抜け、廊下に消えた。

あぜん、ぼーぜん。

つんつん肩をつつかれて振り返ると、美希先輩がにへらっと笑っていた。

「すごいわ。奥ちゃん。平成のシンデレラと呼ばせて」

「……は？」

「たった四日で、一ファンから同棲《どうせい》相手になりおおせるなんて」

「あの……」

「はっちゃんの親愛の情の示し方って捻《ひね》くれてるよなぁ。はい、荷物持って」

望先輩が、僕の鞄を拾ってよこす。

「あの…ええと……」

「わがままな王子のお守《も》りをよろしくな」

石田先生が、バイバイ、と手を振った。

なんだかわけがわからないまま、僕は布団のあとを追い掛けた。


波多野さんの部屋を覗くのはこれが二回目だった。

整然とした…というか、物が少ないのでなんとなく片付いて見えるその部屋の真ん中に、引きずったままの乱雑さで布団が放り出してあった。

ええと……。これってやっぱり僕にここで寝起きしろってことなんだろうか。

とりあえず真意を質《ただ》そうと、恐る恐る声をかけた。

「あの…波多野さん」

「疲れた。もう寝る」

水色のベッドカバーの上に、どさっと俯《うつぶ》せに引っ繰り返ってしまう。

窓もカーテンも、今朝《けさ》僕が開けたままの状態で、全開になっていた。幼稚園児より手のかかる人だと呆《あき》れながら戸締まりをした。

振り返ると、ベッドから片目だけあげて、指先でちょいちょいと手招きしてくる。

「なんですか?」

「ただで肩を揉《も》ませてやる。光栄だろう」

「……それが人にものを頼む態度ですか」

むかつきを通り越して呆れ果ててしまったが、眠そうな目が本当に疲れている感じだったので、ベッドの横に回って、俯せの肩に指をかけた。

……凝《こ》ってるなんてもんじゃない。もうガチガチ。

「……波多野さん。これ老人の身体ですよ」

「うるせーな」

「ちゃんとごはん食べて、運動して、規則正しい生活しないと、ホントに身体壊しますよ」

「うるせーって言ってるだろう。コザルに説教されるいわれはない」

僕は首筋を揉む手を止めた。

「……それじゃなんで、僕を同室にしてもいいなんて思ったんですか？」

石田先生や望先輩ならともかく、よりにもよって波多野さんが僕を同室に招き入れたというのは、すごく意外な感じだった。

波多野さんはちらりと顔をあげて、唇の端に底意地の悪そうな笑みを浮かべた。

「美希や望よりは役に立ちそうだから、奴隷《どれい》にしようと思って。手始めに、俺が寝てる間に、机の上の資料、コピーしといて。付箋《ふせん》つけてあるページ、全部ね」

なんで僕がそんなことしなくちゃならないんだ⁉

だいたい、何のきまぐれか知らないけど、このワガママ男に誰かと同室なんて無理に決まってる。

「……やっぱり僕、居間で寝ます」

「なんだと？」

「波多野さんみたいな人に、誰かと同室なんて無理ですよ。三日ともたずに追い出されるのは目に見えてますし」

不機嫌そうな顔で、波多野さんは起き上がった。

「舐《な》めてんじゃねえよ。俺はガクチュウまでは六人部屋で暮らしてたんだよ。ざまあみろ」

なにが「ざまあみろ」なんだか知らないが、そうか、中学時代から寮生活だったのか、と単純に納得しかけ……。

不意に、あの酔《よ》っぱらった夜に聞いた望先輩の言葉の断片が、頭をよぎった。

《『つきのひかり』がはっちゃん自身をモデルにした小説だってことも知らなかったとか？》

……もしかして、六人部屋っていうのは、施設の話、とか？

「……一人じゃなきゃ眠れない人が、六人部屋でどうやって眠ってたんですか」

僕が訊《たず》ねると、波多野さんは無表情で淡々と答えた。

「同室のやつらが寝たあと、押し入れに布団を持ち込んで寝てた」

果たして、真実なのか否《いな》かよくわからない話だ。

でも考えてみたら、僕が知っているのはほんの四日分の波多野さんに過ぎない。表面的な性格とか、食べ物の好き嫌いはわかっても、これまでどんな人生を送ってきたのかなんてことは、全然知らないわけで……。

波多野さんに限らず、藤井シスターズや石田先生のことだって、全然、知らないのだ。

きっとそういうことっていうのは、ゆっくり時間をかけてわかっていくものなんだろうな。

……いや、別にわかりたくもないが。

「おい。ぼーっとしてないで、さっさと肩揉めよ、サル」

……ムカつく。

僕は肩に手をかけて、力任せにぎゅーっと揉んだ。

「痛っ！」

「あ、痛かったですか？　すみません」

しらっと返すと、波多野さんの手が胸ぐらにのびてきた。背後に身をかわしたら、自分の布団に足をとられて仰向《あおむ》けにひっくりかえってしまった。

「奴隷の分際で俺に楯突《たてつ》こうなんて、一億六千七百五十二万年早いんだよ！」

「すみません、ごめんなさい、僕が悪かったです…ってて」

膝で腿《もも》の上にのりあがられて、手首を布団に埋め込まれて、僕は早々に白旗を振った。我ながら情けないけど、波多野さんは細身の見かけによらず結構馬鹿力なのだ。握《にぎ》り込《こ》まれた手首が、みしみしいってる。

「こらこら、波多野。強姦《ごうかん》はいかんぞ」

頭上からのどかな声がした。開けっぱなしのドアのところに、石田先生が立っていた。

「……何が強姦だ」

がくっと脱力した波多野さんの前髪が、首筋にかかった。擽《くすぐ》ったくて反射的に笑いそうになりながら身動《みじろ》ぐと、先生は目をしばたたいた。

「ああ、奥村も合意の上なのか。それならうるさいことは言わんが」

「合意ってなんですかっ！」

思わず赤面しながら、いましめのゆるんだ波多野さんの身体の下から這《は》い出《だ》す。

「まあ、ドアくらい閉めてからやんなさいね」

カラカラと笑いながら、石田先生は立ち去っていった。

……いったい何をしに来たんだか。

「ったく。人のことをてめーみたいなケダモノと一緒にしてんじゃねえよ」

ドアに向かって悪態をつきながら、波多野さんは再びベッドにばふんとダイビングした。

「コピーとっとけよ」

「なんで僕がっ！」

「…………」

「波多野さん！」

「…………」

なんと波多野さんは一瞬にして爆睡《ばくすい》していた。

なんなんだよ、いったい。人がいると絶対眠れないんじゃなかったのか？

それとも僕は人として認識されていないのだろうか。ムカムカ。

「……ったく。子供じゃないんだから、ちゃんと布団に入って寝ろよな」

掛け布団の上で寝てしまっているので、仕方なく僕の毛布をかけておいた。

悪態をつかない寝顔はおそろしく端整で、長いまつげが頬に繊細《せんさい》な陰影を落としていた。

よく見ると、薄い唇の端に口角炎ができている。きっと寝不足と栄養不足のせいだ。

明日の夕食はビタミン豊富なメニューにしないと……ってなんで僕が波多野さんの健康管理に気を配らなきゃならないんだよ。

すでにいいように相手のペースにのせられている理不尽に疑問を抱きつつ、僕は資料の束を手にコンビニに向かった。

このときはまだ、波多野さんとの関係が思いもよらない方向に発展して行こうとは、まったく想像もしていなかった。

……いや、でも、思い返してみれば、かすかな予感めいたものはあったのだろうか。

ともあれ、僕の波乱に富んだ高校生活はこんなふうにして幕を開けた。いや、開けようとしていた。

The phantom of the dormitory

ザ・ファントム・オブ・ザ・ドミトリー

四限終了のチャイムとともに、教室中の椅子がガタガタとけたたましい音をたてた。

教壇《きょうだん》の数学教師がまだテキストや資料をまとめている間に、飢《う》えた小羊の群れは財布や弁当を手に教室を飛び出して行く。もちろん、僕も例外ではない。

「学食と売店、どっちにする？」

誘い合うともなくいつもつるんでいる鏑木《かぶらぎ》辰也《たつや》が、財布を片手に寄ってきた。

「売店にしようか。天気いいし、パンなら外で食えるし」

僕が答えると、女の子二人が割り込んできた。

「私たちも混ぜて」

「購買の混雑を掻《か》き分《わ》けるには、男手が必要よね」

小柄で可愛《かわい》い後藤《ごとう》奈々《なな》と、理知的であねごタイプの仲沢《なかざわ》みゆきが口々に言う。

「下僕かよ」

ゴマフアザラシに似たおっとり顔に不満げな表情を浮かべつつも、人のいい鏑木は二人からパンの注文をとっている。

地味ながら、一応私立の進学校らしい風格のある校舎は、昼休みの喧騒《けんそう》に包まれ、ざわめきが壁に跳ね返ってわんわんと響きわたっている。開け放たれた廊下の窓から、暑くも寒くもないい気持ちのいい風が入ってくる。

五月は、一年でいちばんいい季節だ。

入学式から一ヵ月が経《た》ち、高校生活の滑《すべ》り出《だ》しはなかなか順調だ。

一応名門校に属するだけに、規律が厳《きび》しいんじゃないかとちょっとびくびくしていたのだが、フタを開けてみれば石田《いしだ》先生をはじめ（アレはちょっと極端すぎるけど）個性的で気さくな先生が多くて、校風は至って放任主義。心配していた学力もなんとかついていけてるし、仕立てがよく実用的なブレザーの制服も気に入っている。充実した図書館や、品数は少ないものの安くておいしい学食など、施設の満足度も高い。

なによりこうして気のおけない友人もできたことだし、僕の高校生活は順風満帆《じゅんぷうまんぱん》そのものって感じだ。

……ある一点を除いては。

「奥村《おくむら》くん、どうしたの？」

一瞬のげんなり気分が顔に出たのか、後藤が気遣《きづか》うように覗《のぞ》き込《こ》んできた。

「あ、いや、なんでもない」

いかんいかん。つまらないことに気をとられていては、貴重な楽しい時間まで台無しになってしまう。

「後藤、なんのパンにするの？」

僕は心和《なご》むくだらない会話に意識を戻した。

「あのね、カレーパンが食べたいんだけど、あれ、大きくて一個食べきれないの。奥村くん半分食べてくれる？」

「いいよ」

いかにも可愛らしい後藤としゃべっていると、気持ちが和む。

そういえば、この間鏑木が「後藤は奥村に気があるんじゃないか」なんて言ってた。そんな茶化しを真に受けるほど自惚《うぬぼ》れてはいないけど、正直、そう言われて悪い気はしない。

男兄弟ばかりで育った僕にとって、後藤は妹みたいな存在だ。同い年で妹ってのも変だけど、なんというか子犬や子猫にも似て、保護欲をかきたてられる感じ。実際、クラスにも後藤ファンは結構多い。

「ちょっと、そこ、なにイチャイチャしてるんだよ」

鏑木がひやかし口調でこっちを振り返った。その目が、僕を素通りして僕の背後に向かって見開かれた。

「なんだよ」

背後霊でも見えたのかと怪訝《けげん》に振り返ると、背後霊よりも始末の悪いものがぬっと立っていた。

「こ、こんにちはっ！」

鏑木がやけに鯱《しゃちほこ》張った態度で背後霊に……じゃなくて波多野《はたの》さんに挨拶《あいさつ》をした。こいつは背後霊……波多野さんの大ファンなのだ。

「こんにちは」

小憎《こにく》らしいことに、波多野さんは僕に対してとは全然違って、かすかに笑みまで浮かべて挨拶を返した。笑みといっても口角をちょっとあげただけで、奥二重《おくぶたえ》の切れ上がった目元は全然笑ってなくて完全な作り笑いだということは僕にはわかるけど、そんな顔をすると妙にキラキラしいアイドルめいたオーラが散る。

実際、友人連中をはじめあたりにいた一年生の視線が妙に熱を帯びて波多野さんに注がれている。

同級生の中ではどうなのか知らないが、少なくとも一年生の間では、このアイドルばりのベストセラー作家が同じ学校に在席しているということは、かなりの騒ぎになっている。しかも波多野さんは寮での仏頂面《ぶっちょうづら》とは裏腹にパブリックな場ではそこそこ愛想《あいそ》がいいのだ。

「ぎゃーっ、しゃべっちゃったよ、波多野さんとっ!」

ひそめたつもりの声が丸聞こえの鏑木は、女の子二人と興奮気味に身悶《みもだ》えしている。

「ちょっと」

波多野さんは目顔で僕を壁ぎわに呼んだ。

「なんですか」

「パン買いに行くなら、俺の分も買っておけ」

……だからさ、なんでそう当然のように命令口調なんだよ。

「僕はパシリじゃないんですけど」

一応反抗を試みたのだが、

「メロンパンとウーロン茶。昼休みの終わりでいいから、屋上《おくじょう》に持って来い」

「あの……っ!!」

聞いちゃいない傲慢男《ごうまんおとこ》は、反論のために開いた僕の口に、あろうことか五百円玉を放りこんで、立ち去って行った。

むかつく！　人をなんだと思ってるんだよ。

まったく波多野さんの存在は、順風満帆なはずの僕の学生生活の一点のしみだ。正確には数点のしみのひとつというべきか……。

「ずりーよな。同じ寮っていうだけで、波多野さんと仲良しで」

鏑木は羨望《せんぼう》の眼差《まなざ》しで、売店の混雑のなかパンを買っている間中「いいなー、いいなー」と言い続けていた。

バーゲン会場のような売店前を抜け出し、中庭の一角に腰を落ち着けて、僕はようやく反論に出た。

「なにが仲良しだよ。こっちはいいようにこき使われて、大迷惑だよ」

「おまえ、天下の波多野帝《すぐる》をつかまえて、よくそんなこと言えるよな。世の中には波多野帝のためならどんなことでもしたいっていうファンが山ほどいるんだぜ？」

「それはあの人の本性を知らないからだろう。一緒に暮らしてみればわかるって。そりゃもう傲慢で、乱暴・粗暴・横暴の3B男で、人間失格って感じなんだから」

こっちは波多野さんの本性を伝えようと一生懸命なのだが、鏑木は口を尖《とが》らせている。

「自慢かよ」

「どこが自慢なんだよ」

「ひとつ屋根の下で暮らして気心知れてるってことを、自慢してるんだろ。やな根性だねー」

「何言ってんだよ。マジで代われるものなら代わって欲しいよ」

「代わってくれよ、是非《ぜひ》。おまえさ、『時のジレンマ』読んでないのかよ？　俺なんかもう三回読んで、三回とも泣いちゃったぜ。波多野帝は天才だよ、マジで」

『時のジレンマ』はつい一週間ほど前に発売になった波多野さんの小説で、実を言うと僕もこっそり読んで、不覚にも涙していた。あの性格を知ってもなお感動させられてしまう自分が、ちょっと腹立たしかったりする。

「チクショー、おいしいよなぁ、奥村は。あー、憎たらしくなってきた」

鏑木は冗談めかした手つきで僕を突き飛ばした。

「ケンカはダメよ」

後藤が可愛らしく仲裁に入った。

「でも、ホントにすごいよね、波多野さんって。こんな特集記事とか載ってるし」

仲沢が、小脇に抱《かか》えていた月刊情報誌を広げた。新刊の発売に合わせて波多野帝の特集が組まれ、数ページにわたって、インタビューや写真が載せられている。

読むともなしに覗き込むと『新世紀のカリスマ』とか『いまどきの若者のファッション&知性リーダー』などという、身体中がかゆくなるような言葉がおどっている。

『この日の撮影《さつえい》も、身に着けているものはすべて波多野クンの自前』なんて仰々《ぎょうぎょう》しく書き添えられているけど、要は少々顔がよくて、少々上背《うわぜい》があるから、何を着ても適当に着映《きば》えするってだけじゃないのか。僕なんて、制服と部屋着のジャージ以外の格好の波多野さんをほとんど見たことないぞ。

「なにがファッションリーダーだか。波多野さんの格好なんかお手本にするやついるかよ」

思わず本音を口にすると、また鏑木が食って掛かってきた。

「悪かったな。俺はこの間、波多野さんが雑誌で着てたTシャツと同じものを探しまくって買ったぜ」

「げー、物好き」

「あら、でも結構多いみたいよ、波多野帝と同じもの着たいって人」

仲沢のコメントに、後藤がちょっとはにかんだように携帯を取り出した。

「実は私も、携帯のストラップが波多野さんとお揃《そろ》いなの。雑誌で波多野さんが持ってるの見て、すごくおしゃれだったから、どうしても欲しくなっちゃって」

「まあ、波多野さんの場合、そういう見た目のセンスだけじゃなくて、中身もイケてるから、かっこいいんだよね。エッセイとかインタビューとか読んでると、なるほどって思わされて、結構影響されちゃうとこあるわ。ほら、ここ とか」

仲沢が雑誌のインタビューの一節を朗読し、みんな感心したように聞き入っている。

本性を知らないって幸せなことだよな。僕だってデビュー作の『つきのひかり』を読んだ時には心底尊敬しちゃってたし、羨望を感じてもいた。

尊敬が失われた今も、羨望の方はまだ残っていたりする。

こんなふうにみんなに憧《あこが》れられて尊敬されるって、いい気分だろうなぁ。自分のファッションをみんなが真似したり、考え方に影響されたり、きっと神様にでもなった気がするだろう。

スケールの小さな話で言えば、僕の家族の中では晃《あきら》兄が波多野さん的な存在だった。好き勝手なことばかりしているのに、下の弟二人は晃兄のやることなすこと真似したがった。親や教師に迎合《げいごう》することなど一切なく、そのくせ大人から反感を買うどころかかえってその人柄を可愛がられていた。

一方の僕は、よくいえば品行方正、端的《たんてき》にいって毒にも薬にもならないタイプというやつで、大人たちにとっては手がかからない分、印象も薄いんだろうなと思う。真面目《まじめ》が取り柄なんていう性格は、同年代から尊敬されたり羨《うらや》まれたりすることもないし。多分、このまま平凡に高校・大学を卒業して、平凡なサラリーマンになって、平凡な一生を終えるんだろうなぁと、先々まで想像がついてしまう。

天賦《てんぷ》の才とか、生まれながらになにか輝きを持っている人間って、羨ましい。


自分の食事を終えたあと、僕は波多野さんの昼飯をたずさえて屋上にあがった。

原則として出入り禁止の屋上は、人気《ひとけ》がなかった。浄化槽《じょうかそう》のそばの日陰に、波多野さんが一人、長い手足を投げ出して寝転んでいた。

「いくら五月っていっても、そんなところに直《じか》に寝てたら風邪ひきますよ」

「いちいちうるせーな」

波多野さんは面倒そうに薄目を開けて僕を見た。

「昼休みの終わりでいいって言っただろうが」

昼寝を中断させられたことが不満だとでも言いたいらしい。

「さっさと食べないと、午後の授業が始まりますよ」

「午後は二時間とも自習なんだよ」

僕の手から袋を取って中を覗き込み、波多野さんは眉《まゆ》をひそめた。

「おまえボケてんのか？　注文と全然違う」

「メロンパンとウーロン茶なんて、栄養になりませんよ。今日は朝も食べてないんだから、昼飯くらいちゃんと食べてください」

牛乳とハム野菜サンドとメンチサンド。波多野さんの嫌いなものを避けつつ、栄養のバランスを考えて選んだつもりだ。

「育ち損ないのチビが栄養指導とは身の程知らずだな」

「まだ成長途上なんですっ」

まったくいちいち腹が立つったら。

文句を言いつつも、波多野さんは牛乳パックにストローを差し込んだ。

「おまえは食ったの？」

「食べましたよ」

「あのモー娘《ムス》の出来損ないみたいな子と？」

なんだそれは。後藤のことか？　失礼な男だ。

「そうですよ」

「さすがにコザルだけあって、友達もちんちくりんだな」

そういうあんたは変人だけあって昼飯を一緒に食べる友達もいないのか？　あるいは教室での猫かぶりに疲れて、昼休みは一人で過ごしているというわけか。

用は済んだとばかりに立ちあがろうとすると、後ろから制服の襟首《えりくび》を思いっきり引っ張られた。一瞬息が詰まって、ぐぇっと変な声が出てしまった。

「何するんですかっ。鞭打《むちう》ちになるじゃないですか」

「おまえが買ってきたんだから、半分処分しろ」

波多野さんはハム野菜サンドの包みを開け、ひとつを僕の鼻先に突き出した。仕方なく、僕は座り直してサンドイッチを受け取った。

この人ときたら、勝手気ままの人嫌いのくせに、一人で食事をするのも嫌いという天《あま》の邪鬼《じゃく》なのだ。寮のみならず、こんなところでも世話を焼かされて、まったく保母さんの気分だ。そんなに一人がいやなら、友達を作れよ。

「そういえば、スラップスティックのエッセイ、できたんですか？　昨日の電話で若井《わかい》さんがまたすごい剣幕《けんまく》だったけど」

「おまえに言われる筋合いねーよ」

「僕だって余計な真似したくはないですけどね、波多野さんが電話番を僕に押しつけるから、結局僕が編集さんの苦情を一手に引き受けることになるんですよ。もう今日中にちゃっちゃと終わらせてくださいよ。来週は月刊シアターの締切があるんでしょう？」

「あ、忘れてた」

まったく。本人も忘れているスケジュールを、なんで僕が把握《はあく》してるんだよ。

がっくり肩を落とす僕の傍らで、波多野さんがサンドイッチをくわえたまま立ち上がった。

「どこ行くんですか？」

「帰って原稿やる」

思いつきで行動するなよな。

「帰るって、まだお昼ですよ」

「おまえが原稿やれって言ったんだろうが」

「誰も学校をさぼってなんて言ってないでしょう」

「帰るものは帰るんだよ」

すたすたと行ってしまう。

なんなんだよ、もう。

残された僕は、波多野さんが食べ散らかしたゴミを拾いながら思わずためいき。あの気まぐれと頑《かたく》なさ、まるで三歳児だ。

ふと、浄化槽に立て掛けられた鞄《かばん》に気付いた。

まったく。人のせいにしてるけど、最初からフケる予定で鞄まで持ってきてたんじゃないかよ。

仕方なくその見慣れた鞄をつかんで、波多野さんのあとを追った。

慌《あわ》てるまでもなく、波多野さんは校門を出たところで足止めを食っていた。

入学して最初にびっくりしたのだけど、なんと波多野さんにはアイドルばりのおっかけがいるのだ。

時々、学校の近辺を女の子たち（時には男も）がうろうろして、先生方にやんわりと追い払われたりしている。

波多野さんは、女の子数人につかまって、サインをせがまれていた。

意外にも、波多野さんはファンの子たちには親切だったりする。というかむしろ、暴君のような態度をとるのは僕や寮のメンバーに限定されていて、学校や仕事関係など日常のほとんどの場面では、愛想がいいとまではいかないものの、まあそれなりに普通の人なのだ。

初対面が初対面だっただけに、僕にとってはそういう普段の波多野さんはとても不自然に見えるのだけれど、一般的にはそちらの面の方が認知度が高いらしい。

そんな素性《すじょう》も知らない女の子たちより、一緒に過ごす時間が長い僕らに親切にしろよなと思うんだけど。

「これからどこに行くんですか？」

「私たちも一緒に行っていいですか？」

どうやら今日の女の子たちはかなり積極派らしく、サインだけでは飽《あ》き足《た》らず強引なアプローチに出ている。女の子というのは、複数だと急にずうずうしくなるところがある。

「帰るところだから」

波多野さんがさり気なく拒《こば》むと、

「え、おうちに帰るの？　じゃ、おうちの前で一緒に写真とってもいいですか？」

などと非常識なことを言い出した。

同じ学校の生徒は、波多野さんのどこか近寄りがたい空気を感じているせいか、みんな遠巻きにして騒いでいる感じだが、外部の人間の中にはそのあたりを全然わかっていない人もいる。

見かねて僕は割って入った。

「ここ、職員室から丸見えだから、もうじき教師が来ますよ」

もちろん嘘だけど。

「うちの先生方って結構厳《きび》しくて、この間も、学校サボってこのへんうろうろしてた人たちをいきなり警察に通報しちゃったりしてたから、気をつけた方がいいですよ」

「うそ、マジで？」

女の子たちは顔色を変え、そそくさと立ち去って行った。

「あー、うざかった」

波多野さんはあくびまじりに伸びをした。

「だったら、さっさと追い払えばいいでしょう」

「下手《へた》な態度取ると、イメージが壊れたとかなんとか言われてうるせーんだよ」

だからって人に汚れ役をさせるなよ。

スケジュールの把握に、ファンからのガード。これじゃまるでマネージャーじゃないか。しかも無償《ボランティア》。

「これ、忘れ物ですよ」

僕は鞄を手渡した。

「サボるからには、寄り道しないでちゃんと帰って、仕事してくださいよ」

ああ……。なんで僕はこうおせっかいな長女体質なんだ。

自分で自分がいやになる。


がんっ、と思いきりこめかみのあたりを殴《なぐ》られて、目が覚めた。

痛みに顔をしかめながら薄目を開けると、ピントも合わせづらいような近距離に波多野《はたの》さんの顔があった。

日曜日の朝から、何が悲しくてこんな目に遭《あ》わなくちゃならないんだ。

見かけによるのかよらないのか、波多野さんはえらく寝相が悪い。同室になってからというもの、二日に一度はベッドから僕の布団に落下してくる。悪意でわざとやってるんじゃないかと、疑いたくなるほどだ。

この寝相も含《ふく》めた待遇《たいぐう》のひどさにうんざりして廊下《ろうか》で寝たこともあったが、今度は隣室の石田《いしだ》先生に出入りのたびに踏まれてひどい目に遭ったので、仕方なくまた中に戻ったのだった。

「ったくいい加減にしろよな」

相手が寝ているのをいいことに、日頃の鬱憤《うっぷん》を晴らすべく邪険に押《お》し退《の》けかけ、ふとその寝顔に目がとまった。

寝顔が天使というのは幼児までの話で、普通、人の寝顔というのは間が抜けていて見場のいいものじゃない。ところが、波多野さんの寝顔はちょっとどきっとするほどきれいなのだった。もともとが端整な顔だちの人ではあるけれど、起きているときは何となく険があってとっつきにくい感じがする。けれど寝ている時の顔には余計な表情がない分、パーツの出来のよさが際立っている。

天は二物を与えずなんて、絶対嘘だよなぁ。

憎《にく》たらしく思いつつ眺《なが》めていると、眠りながらにして視線を感じとったかのように、波多野さんが目を開いた。

無垢《むく》な顔に、本来の表情が戻ってくる。

「なに密着してやがるんだよ。気持ち悪い」

開口一番、失礼なことを言う。

「そっちがベッドから落ちてきたんじゃないですかっ」

「人のせいにしてるんじゃねーよ」

「どっちが！」

理不尽《りふじん》な言いがかりに食ってかかったところで、部屋のドアが開いた。

石田先生が不精《ぶしょう》ヒゲを撫《な》でながら、にこやかに顔をのぞかせた。

「朝から何を騒いでるのかと思えば、ひとつ布団にくるまって仲良しだねぇ」

「うるせーんだよ、クソ教師！」

「なにが仲良しですかっ」

波多野さんと同時に叫《さけ》びつつ、朝からどっと疲労感に襲《おそ》われてしまう。

寝起きの悪い波多野さんを放っておいて僕はそそくさと着替え、下におりた。

居間では、朝から絶好調の藤井《ふじい》シスターズが砂糖水を飲んでいた。色からして今日は緑茶風味らしい。……胸が悪くなる。

「おはよー！　サトちゃんもお茶飲む？」

「遠慮《えんりょ》しときます」

望《のぞむ》先輩のありがたいお誘いを断って、僕はエプロンに手をのばした。

「今日の朝ご飯はなあに？」

砂糖水みたいな甘い声に期待をにじませて、美希《みき》先輩が訊《たず》ねてくる。まったく、僕には日曜祝日もないのか。

「今日はバナナトーストと、キャベツの巣ごもり卵です」

「わーい」

「おいしそう」

まるで幼児のようなはしゃぎようである。

悲しいかな、入寮して一ヵ月の間にすっかりおさんどんの手際に磨《みが》きがかかってしまった。

簡単かつ栄養バランスのいいメニューを考えるのも慣れたもの。いちばん偏食《へんしょく》の激しい波多野さんを基準にして、食べやすそうなものを考える。

「サトちゃん」

キャベツを千切りにする僕の顔を、望先輩がいたずらっぽい表情で覗《のぞ》き込《こ》んできた。

「はい？」

「あのさ、ちょっと思わせぶりなこと言ってもいい？」

「なんですか？」

「ヒ、ミ、ツ」

「は？」

「どう、どう？　思わせぶりでしょ？」

……アホか。

相変わらずのくだらなさに脱力していると、新聞片手にやってきた石田先生が望先輩を後ろからぎゅむっと抱き締めて、不精ヒゲをぞりぞりすりつけた。

「うーん、望の駄洒落《だじゃれ》はかわいいなぁ。いつまでもそんな純真無垢な望でいてくれよ」

「うん。きいっちゃんみたいな腹黒い大人にならないように、頑張るね」

ああ、馬鹿くさい。

僕はさっさとキャベツを炒《いた》めて卵を落とし、バナナとバターをトッピングして焼いた甘い香りのトーストとともに三人にあてがって、二階に波多野さんを呼びに行った。

案の定、波多野さんは人の布団の上で又寝《またね》している。

僕は容赦《ようしゃ》なくカーテンを開け、窓を開いた。

「朝食できたから、起きてください」

「うるせーな、この世話焼きコザルが。日曜日くらい静かに寝かせろ」

「日曜でも、原稿あるんでしょう？　ちゃんと起きて食事をした方が、エンジンがかかりますよ」

波多野さんの邪険な言動にも、もはや動じなくなっている。いちいち気にしていたらきりがないし、そうかといって放っておくと平気で何食も抜いたりするのだ。

「今すぐ起きるなら、ロイヤルミルクティーもつけますよ」

「うるっせーな」

面倒そうに言いながら、起き上がっているところがちょっと笑える。一度作って以来、波多野さんは牛乳で煮出した薄甘い紅茶がかなり気に入っているらしく、朝は結構これで釣《つ》れることが多い。

のろのろと起きてきた波多野さんに朝食を用意して、ようやく自分の分を食卓に並べながら、思わずため息が出てしまう。

「まったく。僕はこの寮の寮母かよ」

ぶつぶつ言うと、波多野さんが紅茶を飲みながら上目遣《うわめづか》いに僕を見て、ふんと鼻先で笑った。

「第一寮ではんぱになったのを置いてやってるんだから、せいぜいありがたく思えよ」

「誰がはんぱですか、誰がっ」

むっかー。しかも置いてやってるって、ここはあんたの家でもなんでもないだろうが。

僕はそそくさと食事をかきこみ、食器を流しに片付けた。

今日は鏑木《かぶらぎ》たちと遊ぶ約束をしているのだ。約束の時間にはまだ少し余裕があるが、こんなところにいてもストレスがたまるばかりだから、さっさと出掛けてしまうに限る。

「食べおわったら、流しに運んでおいてくださいね」

一声かけて玄関に向かおうとすると、原稿の束《たば》をめくりながらのろのろとフォークを口に運んでいた波多野さんが不機嫌そうな目でこっちを見た。

「出掛けるのか」

「はい」

「じゃ、ついでにこれ、コピーとってきて」

原稿の束と、付箋《ふせん》のついた重そうな本を三冊ばかり渡してよこす。

「あと、資料に必要な本があるから、買ってきて」

本の上にメモと一万円札を放り出す。

「用事を頼むなら、その辺にひまそうな人がいるじゃないですか」

ほかの人に押しつけようと見回すと、

「俺はこれから部活の指導で出掛けるからな。つーか、それ以前になんで教師の俺が生徒の使いっぱしりをやらなきゃならないんだ」

石田先生が一抜けし、

「僕たち、明日提出のレポートがあるから、それどころじゃないんだ」

望先輩と美希先輩もにこにこと逃げてしまった。

こういうとき、最年少は分が悪い。僕はあきらめのため息をついた。

「映画見たり、買物したりで、帰りは夕方になりますけど、それでもいいですか」

「やだ」

幼児か、あんたは。

「急ぐんだから、一時間以内に全部やってこい」

「そんな勝手なこと言われても困ります」

「勝手？」

波多野さんはフォークで卵をつつきまわしながら、皮肉っぽい目で僕を見た。

「寝てる人間を無理遣《むりや》り起こしてメシを食わせるのは、勝手じゃないのか？」

「こらこら波多野。奥村はおまえの健康を考えて親切でやってくれてるんだから、そんな言い方をしちゃいかんだろう」

石田先生が苦笑しつつもフォローに回ってくれたのだけど。

「じゃ、親切ついでにコピーもやってこい。おまえが手伝えばそれだけ早く仕事が終わって、おまえが心配してくれてる俺の健康にも役立つぞ」

波多野さんは屁理屈《へりくつ》で切り返してきた。

「だいたい、友達なんて毎日会ってるだろうが。休みの日くらい離れて過ごせ」

なんだよ。自分に友達がいないからって嫌がらせか、それは。そもそも、それを言うなら波多野さんとなんて毎日寝食をともにしているのだ。休みの日くらい自由にさせろよな。

「今日はどうしても買物に行きたいんです。腕時計が壊れちゃって不自由してるんですよ」

「時計なんて、携帯があれば十分だろう」

「授業中は携帯は見れないでしょう」

うちの学校は、自由な校風の割にそういうところは厳《きび》しい。

波多野さんは、ちょいちょいと僕を手招きした。

「なんですか？」

近寄ると、いきなり僕の手をひっぱり、手首に腕時計の絵を描き始めた。しかも赤の油性ペンで。

「なにするんですかっ！　これから出掛けるのに、やめてくださいっ」

慌《あわ》てて手を引き抜こうとしたものの、体格差に阻《はば》まれて押さえこまれてしまう。

「仲良しだねぇ」

無責任な三人は、面白《おもしろ》がって傍観《ぼうかん》している。

「わかった、わかりました。コピーしてきますから」

なんでこんな理不尽な目に遭わなくちゃならないんだよ。

ようやく手首をもぎ取って、僕は渋々原稿と資料の束を紙袋に押し込んだ。

「あ、奥ちゃん。時計がないなら、貸してあげるわ。いくつか持ってるから」

美希先輩が身軽に二階にかけあがり、すぐに戻ってきた。

「はい、どうぞ」

にこにこと渡されたのは、黄色の文字盤《もじばん》に透明な水色のベルトがついた、ファンシーな腕時計だった。文字盤を十二個のクマがぐるりと取り巻き、針の先にもクマがたかっている。……これをして歩けというのか。

「あの、ありがたいんですけど、女性物だとサイズが合わないと思うし」

「あら、大丈夫よ。奥ちゃんは華奢《きゃしゃ》だから」

美希先輩はご親切にも僕の左手首にクマ時計を巻き付けてくれた。ベルトは十分なゆとりをもってとまった。波多野さんのいたずら描きはうまく隠れるが、果たしてどちらがましなのか……。

「……お借りします」

逆《さか》らう気力もなくして、僕は玄関に向かった。


「すげー、これが波多野さんの生原稿かぁ」

コンビニのコピー機の転写板から僕が抜き取った原稿を一枚一枚丁寧に揃《そろ》えてくれながら、鏑木はよだれを垂《た》らしそうな顔をしている。

先に映画を見にいってもらおうと、待ち合わせ場所で事情を話すと、みんなあっさり手伝うと言ってくれた。友達ってありがたい。

後藤《ごとう》と仲沢《なかざわ》は本を探しに行ってくれていて、鏑木は近所の別のコンビニで資料の方のコピーをしてきてくれた。

「生っていっても、手書きじゃないんだし、そんなありがたいものでもないだろ」

「おまえは一緒に暮らしたりしてるから、感覚が麻痺《まひ》してるんだよ。たとえばさ、好きな芸能人が触《さわ》ったものなら、ティッシュの空き箱だって欲しいって思うだろ？」

「まあそうかも知れないけど」

「しかもそれが原稿だぜ？　何十万の読者より先に、発売前の雑誌のエッセイを読めちゃうなんて、すげー幸せ」

言葉通りに幸せそうな鏑木の顔を見ていたら、ちょっと羨《うらや》ましくなった。僕も本性を知らずにいたら、今でもこんなふうに波多野さんに憧《あこが》れていられたのだろうか。

「波多野さんの助手ができるなんて、奥村は幸せ者だよなぁ」

鏑木がのどかなことを言う。

「だから。面倒ばっかり押しつけられてうんざりなだけだって言ってるだろ。好きな有名人は、やっぱり遠くから見てるに限るよ」

「贅沢《ぜいたく》なこと言ってんなぁ」

鏑木は口を尖《とが》らせた。

「そんなにイヤなら断りゃいいじゃん」

「簡単に言うけど、波多野さんってすごい強引で威圧的《いあってき》なんだよ。とても断れる雰囲気《ふんいき》じゃないんだから」

「そうかぁ？　寡黙《かもく》だけど感じのいい人じゃん」

「人前では猫かぶってるだけだよ」

「言いたい放題だな、おまえ」

鏑木は呆《あき》れたように僕を見た。

「だけどいくら強引っていったって、断って殺されるわけじゃないだろう。イヤだイヤだと言いながらこうやって引き受けてるってことは、頼まれるのがまんざらでもないってことじゃないのか」

「そういう次元の話じゃないんだって。そりゃ、もちろん絶対断れないってわけじゃないけど、僕が断ったら自分でやるかっていえばそんなことはなくて、投げ遣りに放り出しておくような人なんだ」

なんとか僕の置かれている状況をわかってもらおうと、言葉を探して説明を試みる。

「それでまた編集の人とかに迷惑をかけるのは目に見えてるだろ。それに食事とかも放っておけば何も食べないような人だしさ。そういうの傍《はた》で見てると、こっちが落ち着かなくなって、手を出さざるを得ないんだよ。あの人の存在自体が、僕を脅迫《きょうはく》してるんだ」

黙って聞いていた鏑木は、胡乱《うろん》げな視線で僕を見た。

「それって、身内とか恋人とかに対する感情じゃん」

間抜けなことを言うので、僕はコピー機に頭を打ち付けそうになった。

「どこがだよ」

「放っておけない、自分がなんとかしなくちゃって、そりゃ愛情の発露《はつろ》ってやつだろ」

説明しようとした僕が馬鹿だった。

「わかってもらえないだろうとは思ったよ」

不毛な会話を交わしているところに、後藤と仲沢が戻ってきた。

「本、見つかったわ」

「サンキュー、助かった。もうすぐコピーも終わるから、お菓子でも見てて。お礼におごるよ」

重そうな本の包みを受け取ろうと手をのばすと、後藤は僕の手首に視線をとめた。

「かわいい時計ね」

「借り物なんだ」

やっぱり人目を引くらしい。

「それって、女物よね」

後藤は意味ありげに時計と僕を見比べた。

事情を説明しようと思ったのだが、

「奈々《なな》、何にする？」

菓子コーナーの前から仲沢が後藤を呼び寄せ、結局言《い》い訳《わけ》しそこねた。

鏑木が脇腹を肘《ひじ》でつついてきた。

「まったく。おまえばかりがなんでモテるんだか」

「何言ってるんだよ」

「後藤に気にされて、波多野さんに可愛《かわい》がられて、おいしいとこどりだよなぁ」

「誰が可愛がられてるんだよ、気持ち悪い」

「やっぱりそのマメな性格が、人好きするポイントなのかね」

「どうせ召使《めしつかい》体質だよ」

僕は肘打ちを返して、刷り上がった原稿を揃えた。

「これ、出来たから届けてくるよ」

「あ、俺らも一緒に行くよ。波多野さんのプライベートが覗けるチャンスなんて滅多《めった》にないし」

鏑木はうきうきと楽しそうに女の子二人を呼びに行った。


「噂《うわさ》には聞いてたけど、すげーぼろっちさだな」

初めて見る第二寮に、鏑木は目を丸くした。

「波多野さんほどの人なら、こんなところに住まなくたって、マンションとかガンガン買えそうなのに」

「だってうちの学校は一人暮らしは認めてないでしょう？」

後藤がもっともなコメントを返した。

「でも、第一寮との格差がありすぎない？　どういう基準で入寮者を振り分けてるのかしらね」

仲沢の素朴《そぼく》な疑問に、僕は初めてそのことに思い至った。

僕の場合は、手違いで第一寮からあぶれたという単純な理由だったけど、波多野さんや藤井シスターズもそうだったのかな。だとすれば、学年の変わり目にでも優先的に第一寮に移してもらえそうなものだけど、あの人たちが二年続きでここにいるのはどういうわけだ？

まさか、一度入寮したら卒業までそのままってことか？

恐ろしい考えにぞっとしながら、僕は玄関扉に手をかけた。

「波多野さん、コピーできました」

靴も脱がずに、玄関から声をかけた。いつもはちゃんと部屋まで届けに行くんだけど、ちょっと怖い考えに心奪われていたせいと、友達が一緒の心強さで、横着になっていた。

二回ほど声をかけると、波多野さんがだるそうに降りてきた。憮然《ぶぜん》とした顔には『部屋まで持って来い』と書いてある。いつもならここで一言二言嫌味を言われるところだが、友達が一緒なのを見ると、波多野さんはちょっと表情を改めた。

「早かったな」

「みんなが手伝ってくれたので」

波多野さんは三人を見回し、かすかな笑みを浮かべた。

「それはありがとう。悪かったね、休みなのに」

顎《あご》がくっと落ちそうになる。

なんなんだよ、その外面《そとづら》のよさは。僕は一度だってそんなねぎらいの言葉をかけられたことはないぞ。なんかむかつく。

「これ、領収書とお釣りです」

差し出すと、波多野さんは領収書だけを抜き取った。

「釣りはいい。みんなでメシでも食えよ」

三人が恐縮したように頭をさげた。

僕はますます呆然《ぼうぜん》って感じ。なんていいかっこうしぃなんだ。

玄関を出ると、三人は口々に感激の声をあげた。

「かっこいいよな」

「大物って気前がいいのねぇ」

「なんかオーラが違うわよね」

みんなだまされてるんだって。

「奥村の言ってること、全然違うじゃん。波多野さんのどこが横柄で強引なんだよ」

あれは猫かぶりなんだと説明しようとしたら、

「奥村、ちょっと」

玄関から波多野さんが僕を呼んだ。

「なんですか」

仲間たちを門扉《もんぴ》のところに残して一人で戻ると、波多野さんはいつもの剣呑《けんのん》な目付きで、資料のコピーを僕の鼻先につきつけた。

「一ヵ所抜けてる」

「あ、そうでした？」

「そうでしたじゃねえよ。帰ってきたらでいいことにしてやるから、もう一回行ってこい」

いいことにしてやるって、何様だよ、まったく。

「夕飯までには帰ってくるんだろうな」

さらに凄《すご》まれて、渋々うなずいた。なんで休みの日の予定まで干渉《かんしょう》されなきゃならないんだ。

「夕飯はオムライスにしろ」

しかもそうきた。しろってなんなんだよ。

鏑木たちには、是非《ぜひ》この姿を見てもらいたい。

ひょいと居間から美希先輩と望先輩が顔を出した。

「コーンスープもつけてね」

「デザートはミルクゼリーがいいな」

口々に勝手なことを言う。

思わずため息が出る。僕の高校生活は絶対何かに呪《のろ》われてるぞ。

まったく、いったいいつまでこんな生活が続くんだよ？

しかし、転機は翌日突然やってきた。

「え？」

放課後、僕を呼び止めた担任教師の思いがけない一言に、一瞬信じられずに問い返した。

「つまり、第一寮に空《あ》きができたってことですか？」

「そうなの。ご両親の海外赴任《ふにん》に同行するってことで、昨日付けで二年生が一人転校したのよ。それで奥村《おくむら》くんに転寮の打診《だしん》がきてるんだけど、どうかしら」

「行く行く、行きます！」

僕は勢い込んで答えた。

夕方からまたコピーをとりに走り、オムライスを作らされ、風呂上がりには肩もみをさせられながら、いつまでこんな生活が？　と暗澹《あんたん》たる気分だった昨夜が嘘のようだ。あの厄介《やっかい》な面々ともお別れだ。ばんざーい。

憑物《つきもの》が落ちたように身体が軽くなり、僕はうきうきと夕飯の買い出しをして寮に戻った。

「奥ちゃん、お帰りなさい」

「夕ご飯なに？」

餓鬼道《がきどう》に陥《おち》ったように日夜食べ物のことばかり口にする藤井《ふじい》シスターズのさえずりも、全然気にならない。

「今夜は煮込みハンバーグと、カニピラフです」

「わー、豪華」

「最後の晩餐《ばんさん》ですから」

「最後？」

「実は第一寮に引っ越しすることになったんです」

さっそく報告すると、双子《ふたご》は目を見開いた。

「えー、サトちゃん転寮しちゃうの？」

「せっかく仲良しになったのに、淋《さみ》しいわ」

「僕も淋しいです。短い間でしたが、お世話になりました」

すっかり上機嫌の僕の口からは、心にもない台詞《セリフ》がぺらぺらと出てくる。

夕食の席で石田《いしだ》先生と波多野《はたの》さんにも報告した。

「奥村がいなくなると、また悲惨《ひさん》な食生活に逆戻りだな」

石田先生のコメントはやっぱり食べ物のこと。僕の存在というのは、結局単なる食事係でしかなかったということがよーくわかった。

案《あん》の定《じょう》、波多野さんはまったくの無反応。他人の動向になど興味がないというところだろう。ああ、せいせいとする。

……せいせいとしつつも、僕は相当お人好《ひとよ》しなのだろうか。実はちょっとだけ波多野さんの生活のことが気になった。

先生と双子は水と空気からでも必要な栄養素を合成しそうな図太さがあるからいいけど、波多野さんは誰かが気配りしないと平気で何食でも抜くし、規則正しい生活とは無縁だし、大丈夫だろうかとちょっと不安になってしまう。

それに加えて、石田先生や藤井シスターズのわかりやすい反応と違って、こう冷ややかに黙殺されるとつい顔色をうかがいたくなってしまう。

「あの、波多野さん」

声をかけると、波多野さんは煮込みハンバーグの中のブロッコリーをはじきだす手を止めて、面倒そうに顔をあげた。

「短い間でしたけど、部屋を使わせていただいて、お世話になりました」

今日ばかりは殊勝《しゅしょう》な僕である。

「世話になったと思ってるなら、こんな青虫の食い物を料理に入れてんじゃねーよ」

はじき出したブロッコリーを全部僕の皿に放りこみ、代わりにハンバーグをさらっていった。

まったく、子供みたいな人だ。

「野菜もちゃんと食べなきゃダメですよ。だいたい、波多野さんは好き嫌いがありすぎです。僕がいなくなっても、三食きちんと食べてくださいよ。朝だってちゃんと起きて規則正しい生活を送らないと、身体壊しますよ」

波多野さんは蔑《さげす》むような冷ややかな視線で僕を見た。

「てめーがいなくなってもって、いったい何様だよ？　自分がなんかすごいモノだとでも勘違いしてるわけ？」

「そういう意味じゃなくて……」

「だいたい、三食まともに食って規則正しい生活を送った成《な》れの果てがおまえ程度じゃんよ。よくもエラそうなことが言えるな、コザル」

ぐさぐさ。

なんだよ。ちょっとでも気掛かりだなんて思った僕が馬鹿だった。

「まあまあ、お互いそんなに別れが辛《つら》いなら、どうだ奥村、思い直してこっちに残らないか？」

石田先生がお得意の勘違いコメントを繰り出し、双子が諸手《もろて》をあげてそれに賛同を示した。

「……みなさんで仲良くやってください」

ああ、やれやれ。今日でこの嚙《か》み合《あ》わない人たちともお別れだと思うと、嬉《うれ》し涙が出るよ。

ご飯に味噌汁《みそしる》、卵焼きとひじきの煮付けとサラダとヨーグルト。

栄養バランス完璧《かんぺき》の第一寮の朝食を前に、転寮三日目の僕はじんわりと幸せを嚙み締めていた。朝といい晩といい労せずして食事にありつけるというのは、なんて幸せなことだろう。

朝日の降り注ぐ広い食堂は寮生がひしめいている。居住スペースは西と東で男女に分かれているものの、食堂は一緒なので、校内の学食と変わらない賑《にぎ》やかさだ。しかし少人数の第二寮とは反対に全然鬱陶《うっとう》しさを感じないのは、干渉《かんしょう》してくる人間がいないせいだ。

新学期が始まって一ヵ月がたっているから、寮内でも気の合う者同士ですでにグループができあがっていて、中途入寮の僕は顔見知りの同級生と挨拶《あいさつ》を交わす程度で、ちょっと浮いている。けれど第二寮でもみくちゃにされていた身にとっては、少しもの淋しいくらいの今の状況はかえってほっとする。誰にも干渉されず、誰の面倒も見なくていいって、なんて気楽なんだ。

何より嬉しいのは、生まれて初めて手に入れた個室だ。いかにも質実剛健を校風とする秋霖《しゅうりん》らしいシンプルな四畳半《よじょうはん》だが、誰にも邪魔されないプライベートな空間というのがたまらなく嬉しい。この三日は興奮のあまりかえって眠れないほどだ。

これからは自分の時間がたっぷりもてると思うと、わくわくする。第二寮では本を読んだりする時間を見つけるにも苦労したけど、ここなら存分に読書に耽《ひた》れそうだし、勉強だってはかどりまくりだ。

幸せな気分で登校すると、鏑木《かぶらぎ》が寄ってきた。

「第一寮には慣れてきたか？」

「最高。至れり尽《つ》くせりで、すごい幸せ」

一時間目は生物で、教室移動のために廊下《ろうか》を歩く足も、なんだか軽い感じだ。

「意外に淋しいんじゃねえの？　うちのクラスって寮生少ないし」

「その静かさがいいんじゃないか」

「しかし理解しがたいよなぁ。あの波多野さんとの同居っていう特典を捨てて転寮するなんて、珍しいやつ」

相変わらずの心酔《しんすい》ぶりを右から左へ聞き流しながら二年生の教室の前を通り掛かると、噂《うわさ》の当人の姿があった。

遠目に見かけることはあるけど、近くで波多野さんと顔を合わせるのは転寮以来初めてのことだった。

気のせいか、ちょっと顔色が冴《さ》えない気がする。久々に見るせいかな。

波多野さんは廊下でクラスメイトらしき男子生徒となにかしゃべっていた。相手は優等生っぽい温厚そうな感じの人で、波多野さんとは対照的な雰囲気《ふんいき》。

二人が何か楽しそうに談笑しているのを見て、僕はちょっと驚いた。

あの性格だし、有名人ということもかえって遠慮《えんりょ》を誘って、波多野さんにはどうせ友達らしい友達もいないのだろうと勝手に決め付けていた。

けれど、自分のクラスではこんな顔もするのだ。ファンサービスの愛想笑《あいそわら》いとも違う、リラックスした表情。短い間だけど寝食を共にしてその人間性を理解しつくした気になっていた僕は、ちょっと意表をつかれた感じだった。

「こんにちはっ」

鏑木が調子良く声をかけた。波多野さんの方では誰だかわかっているのかあやしいものだが、挨拶《あいさつ》を返すように軽く顎《あご》を動かした。その視線が隣の僕の方に向く。

例によってまた嫌味のひとつでも言われるに違いないと身構えた。

が、波多野さんの目は僕の上を滑《すべ》って、再びクラスメイトの方に戻された。

一瞬「え？」って感じだった。罵詈雑言《ばりぞうごん》の言葉はいくらでも予想できたけど、まったく無視されるなんて思ってもいなかったので。

「ぎゃーっ、朝から波多野さんと挨拶しちゃったよ」

有頂天の雄叫《おたけ》びをあげる鏑木の横で、声をかけるタイミングを逸《いっ》して無言ですれ違いながら、僕は消化不良の気分だった。普通、知り合いに会えば挨拶くらいするものじゃないのか。

しかし考えてみれば、波多野さんと僕は確かに一ヵ月同じ寮で暮らしてはいたけれど、こうして寮が変わってしまえば、学年も違うし部活とか委員会とかそんな接点もない。双方《そうほう》に関係を維持《いじ》しようという気がなければ、まったく無関係の他人ということになる。

要するに波多野さんは、僕という個体を認めていたわけではなく、手近にいたから当たり散らしたりこき使ったりしていただけで、離れてしまえばもう用はないというわけだ。

こき使われる生活にうんざりしていた僕にとって、それは願ったり叶《かな》ったりの筈《はず》なんだけど、いざこうもあっさり無視されると、なんだか割り切れない気持ちになる。

「あれ、サトちゃん。おはよー！」

ぼさっと考え込んでいたところに、元気な声が降ってきた。望先輩が教室の窓枠《まどわく》から身を乗り出して、手を振っている。

「第一寮はどう？」

「快適ですよ」

「こっちはサトちゃんがいなくなって超淋しいよー」

波多野さんの完全無視のあとでは、望先輩のこういうお調子者的発言が嬉しく感じられる。

そうだよ、これが顔見知りとしてのごく当然の反応ってものだ。

「サトちゃんもアットホームなうちからいきなりあの大所帯じゃ、落ち着かなくて淋しいでしよ？　いつでも帰っておいでー」

ほっとする人柄ではあるけれど、せっかく抜け出せた状況に逆戻りするなんて、冗談じゃない。

「大丈夫です。結構住み心地いいですよ」

「そっちは大丈夫でも、こっちは大丈夫じゃないよ。サトちゃんがいないと飢《う》え死《じ》にしそう。今朝《けさ》も朝メシ抜きだったんだ」

結局、目的はそれか。

「だって、僕が来る前にはみなさんでちゃんとやってたんでしょう？　大丈夫ですよ」

「僕らはともかく、はっちゃんはヤバいかもよ。なんかここ数日スランプっぽいし」

スランプねぇ。そもそも調子のいい波多野さんなんて見たことないから、だいたいいつもそんな感じなんじゃないのかな。

「前にも、調子が悪いときに飲まず食わずで仕事して、脱水《だっすい》症状起こしたことがあるんだよ。救急車呼んだりしてさ。誰かが見張ってないと、平気で無茶するから」

「じゃ、望先輩がしっかり見張っててください」

「僕の言うことなんて全然聞かないからダメだよ」

「それを言ったら、僕なんて尚更《なおさら》ですよ」

望先輩は目を丸くした。

「そんなことないよ。はっちゃんってサトちゃんには従順じゃん？」

ジュージュン？　思わず顎が落ちそうになる。

「どこをどう曲解したら、そういう言葉がでてくるんですか」

「だって、サトちゃんの作ったものは結構よく食べるし」

「それは僕が努力して波多野さんの好みに合わせてるからです」

「そうなのか。僕なんて一年以上一緒に暮らしてるけど、いまだにはっちゃんの好みなんてよくわかんないよ。二人は以心伝心《いしんでんしん》なんだねー」

ぐったり。

予鈴に急《せ》かされて望先輩と別れると、鏑木が感心したように僕を見た。

「おまえ第二寮でずいぶん重宝《ちょうほう》されてたんだな。せっかくの地位をなげうって、ホント、もったいないよなぁ」

そればっかり。

「その重宝ってのがイヤなんだよ。僕は道具じゃないんだから」

「なんでそういうひねくれた受け取り方するかな」

鏑木はちょっと呆《あき》れたように言う。

だって仕方がないじゃないか。弟にまで「面白《おもしろ》くないけど役に立つ」なんて言われていた僕である。波多野さんには天才をひきたてるためには凡才《ぼんさい》も必要だなんて馬鹿にされたし。

その場に困ったことが生じると、ついつい見て見ぬふりができなくて手を出してしまうのだけど、そうするうちにだんだん僕は、いつもその場の便利係みたいな立場になってしまう。

そしてそんなことを繰り返すうちに、自分は便利係として必要とされているだけで、誰も僕という個人を必要としてくれてるわけじゃないのでは…と、不安になってくる。凡才の自分に、僕はコンプレックスを感じているのだ。

それにひきかえ、波多野さんはどんな無茶苦茶をやっても、その才能で人を魅了《みりょう》してしまう。誰におもねることもなく、注目を集めることができる。

波多野さんの生活不能ぶりを呆れてみせながらも、その裏では僕は劣等感《れっとうかん》を刺激されまくりなのだ。

そういう意味でも、あの寮を出たのは正解だった。

快適な第一寮での生活は楽しく平穏にすぎていった。

……と言いたいところなのだが、一週間ほどがたつ頃、僕の心には意外な変化が生じていた。

食事付き・個室の夢のような寮生活が、思ったほどには楽しくないのだ。

学校での放任主義とは裏腹に、プライバシー重視の第一寮は意外に規律が厳《きび》しく、原則として寮生同士の部屋の行き来が禁じられていたりする。一応進学校の寮ということで、夕食後のわずかばかりの自由時間のあとは、個室での自主学習時間に当てられているのだ。プライバシーがない分、勝手気ままだった第二寮とは、一八〇度反対だ。

おかげで憧《あこが》れていた一人の時間はありあまるほどあるのだが、十六年の人生でこんなに自由を謳歌《おうか》したことがないので、勝手がわからない。自分でも驚いたことに、僕は自由をもてあましてしまっていた。

いや、でもそれは多分慣れの問題であって、もうちょっとすればこの至れり尽《つ》くせりの幸せな状況が身に馴染むに違いないと自分に言い聞かせていたのだが、そんなある日の昼休み、学食で昼食を食べている最中に、唐突《とうとつ》に鏑木《かぶらぎ》がおかしなことを訊《たず》ねてきた。

「なあ、最近よく眠れてる？」

「なんだよ、急に」

僕はちょっとどきっとなった。実際のところ、一人部屋の静けさがかえって落ち着かなくて、なかなか寝付けない状態が続いていたりするのだ。

一応、表面的には第一寮の快適さに大満足という態度をとっている僕にしてみれば、寝不足が顔に出ているとしたらちょっとばつが悪い。ホームシックだなどとあらぬ誤解を受けたら困る。

身構える僕をよそに、鏑木はもったいぶった様子で眉《まゆ》をひそめた。

「なんかさ、おまえの部屋、出るっていう噂《うわさ》を聞いたんだけど」

「出る？」

「これだよ、これ」

鏑木は両手の甲《こう》を顔の前でだらんとさせて、古典的な幽霊の仕草をしてみせた。

いきなり何を言い出すのだと思わず吹き出しそうになったが、鏑木は真面目《まじめ》な顔でさらに続けた。

「そのせいで、あの部屋ってしょっちゅう寮生が変わってるらしいぜ。今回だっておかしいと思わないか？　新学期が始まってたった一ヵ月で部屋が空《あ》くなんて」

サラリーマンの家庭に急な転勤がつきものだということは身を以《もっ》て知っているつもりだったが、そう言われると急に不安になる。

確かに、一人で部屋にいると妙に落ち着かないし、夜もなかなか寝付けない。何かいるのだと言われると、妙に信憑性《しんぴょうせい》がある。

「俺だったら、そんな部屋怖くて住めねーよ。おまえも取り返しのつかない目に遭《あ》う前に、出たほうがいいんじゃないのか。今ならまだ第二寮にだって戻れそうじゃん」

横で聞いていた仲沢《なかざわ》と後藤《ごとう》が、興味深げに身を乗り出してきた。

「学校の寮にそういう噂ってつきものよね」

「うちのお姉ちゃんの大学の寮にも、そういういわくつきの部屋があるって言ってたわ。なんかね、その部屋に住んだ人、みんな病気になったりして、大学やめちゃうんだって。自殺した人も一人いたって言ってたよ」

他人事《ひとごと》だと思って、みんな縁起《えんぎ》でもないことを言い出す。

「楽しそうだねぇ。なに盛り上がってるの？」

背後から望《のぞむ》先輩がひょいと覗《のぞ》き込《こ》んできた。傍《かたわ》らには石田《いしだ》先生も一緒だった。

「あ、実はですねー」

鏑木が説明を始めようとしたので、僕は思わず強い口調でさえぎった。

「もう、いい加減に馬鹿な話はやめろよ」

「なんだよ。なにキレてんだよ」

鏑木が一瞬あっけにとられたような顔になる。我ながらちょっとマジな声になってしまった。実を言えば、幽霊話に僕は少しびびっていた。これでもし、新入生の僕らよりも学校の事情に詳《くわ》しい望先輩や先生からこの噂の信憑性が増すような話を聞かされたら、とてもじゃないけど部屋に帰れない。ここは、鏑木一人の冗談だったということにして、終わりにしておきたい。

「サトちゃん、Aランチなんか食ってんの？　贅沢《ぜいたく》〜」

幸い、望先輩の興味がほかのことに移ったのでほっとしたのだが、

「なんだ、奥村《おくむら》はソーセージが嫌いなのか」

石田先生が横からひょいと手を出して、僕が最後の楽しみにとっておいたソーセージをぱくりと口の中に収めてしまった。

「それが教師のやることですかっ」

「なんだよ。おまえがいなくなってから、散々な食生活なんだぞ。ソーセージの一本や二本でぐだぐだ言うなよ」

「そうだよー、サトちゃん早く帰ってきて、またおいしいご飯作ってよ」

「いい加減、人をおさんどん扱《あつか》いするのはやめてください」

「誰もおさんどんだなんて言ってないだろう。奥村がいてくれると生活は規律正しくなるし、波多野のお守りはしてくれるし、まったく助かるんだがな」

「そうだよね。サトちゃんがいてくれた時は洗濯物《せんたくもの》を取り込み忘れることもなかったし、ゴミの日だって一回も出しそこねなかったし」

……だから。だからそれをおさんどんと言うんだろうが。そんなことでしか必要とされない自分の人間性が悲しくなる。

「なんでがっくりきてるの？　ヘンなサトちゃん」

「きっと褒《ほ》められて照れてるんだろう」

ピントの外れた会話を交わしながら、二人はトレーを片付けに行った。

「石田先生って、ちょっとかっこいいよねぇ」

二人の後ろ姿を目で追いながら、仲沢が柄にもないうっとり声を出した。

「教師にしては怪《あや》しすぎないか？」

アロハっぽいシャツの背中に顎《あご》をしゃくると、仲沢は乙女《おとめ》ちっくに両手を組み合わせた。

「そこがいいんじゃない。三枚目なのにワイルドで。結構女子にはファン多いよ」

「私は藤井《ふじい》先輩派だなぁ。女の子よりきれいな顔じゃない？　つい見惚《みと》れちゃう」

後藤がにこにこ言う。

「おっと、ライバル出現じゃん」

無意味に僕と後藤をくっつけたがる鏑木が、にやにやしながら足を蹴《け》ってきた。

昼休み終了十分前の予鈴が鳴った。

「先に教室に戻ってるよ」

本日日直の僕は鏑木たちに言いおいて、空《から》のトレーを手に虚《むな》しく立ち上がった。

学食の出口のところで、一瞬硬直《こうちょく》した。

飲み物の自販機の前で、波多野さんがあの優等生めいた友達と一緒にコーヒーを飲んでいた。

最近、波多野さんの姿を見かけるとどうも緊張《きんちょう》してしまう。

第二寮を出てから一週間、波多野さんとは一度も口をきいていない。学年が違うとそう顔を合わせる機会もないのだが、たまにすれ違ってもこの間のようにまったく僕に気付かない様子でそっけなく行き過ぎてしまう。

あの一ヵ月の親交は、幻《まぼろし》だったのだろうか。

この距離感こそ僕が望んでいたものだった筈《はず》なのだが、人から無視されるというのは結構傷つくものだ。

今日もまた無視されるのかと思うと、なんだか居たたまれない気分で、きびすを返して迂回《うかい》したくなってしまう。

思わず立ち止まって逡巡《しゅんじゅん》しつつ、ふとそんな女々《めめ》しい自分に嫌気《いやけ》が差してきた。というか、状況に腹が立ってきた。

考えてみれば、なんで僕がびくびくする必要があるんだ？　別に僕にはやましいことなどひとつもないのだから、堂々としていればいい筈だ。

それに、相手が無視するからといって、僕まで同じ態度を取る必要はないじゃないか。顔見知りに会ったら挨拶《あいさつ》をするのが、常識的な人間の態度だ。なにも波多野さんの非常識にシンクロすることはない。

僕はごくりと唾《つば》を飲み込んで、自販機の方に近寄っていった。

薄暗い場所のせいもあるのだろうが、波多野さんは相変わらず顔色が悪い。ちゃんと食べてるのか、仕事は順調なのか、この期《ご》に及《およ》んでお節介《せっかい》な心配が頭を持ち上げる。

「こんにちは」

すぐ横まで来たとき、僕はさり気なく声をかけた。

最初に友達が顔をあげ、その視線を追うように波多野さんが僕を振り向いた。

無言のまま、切れ長の鋭い目が威嚇《いかく》するように見下ろしてくる。

声をかけてみたのはいいが、その後のことを何も考えていなかったので、ヘビににらまれたカエル状態で思わずすくんでしまった。

部活の先輩後輩みたいに、挨拶だけしてさらっと通り過ぎればよかったのかもしれないが、すっかりタイミングを逸《いっ》してしまった。いまさら通り過ぎるのも、人の家のインターホンを押して走り去る小学生みたいで間が抜けている。

何か当たり障《さわ》りのない話題はなかったかと頭の中をひっかきまわし、ふとこの前仲沢が持っていた雑誌のことを思い出した。

「この間の雑誌、見ましたよ。新世紀のカリスマとか言われちゃってて、すごいですね。ファッションリーダーとかも書いてあったし」

口にしてしまってから、なんてお調子者っぽいことを言ってしまったのだと、我ながらちょっとがっくりきた。

波多野さんは手のなかの紙コップをぐしゃりと握《にぎ》り潰《つぶ》すと、無造作にごみ箱に放りこみ、さびすを返した。

友達が困ったように僕らを見比べ、波多野さんの背中を呼び止めた。

「まてよ、帝《すぐる》。この子、知り合いじゃないのか？　その態度はないだろう」

帝、という親しげな呼び方にちょっとびっくりした。やっぱり友達がいないなんて僕が勝手に決め付けていただけで、波多野さんにも普通に親しい友人関係はあるのだ。

波多野さんは面倒そうに足を止め、僕を振り返った。

「おちょくってるのか？」

久々に聞くマイナス三〇度の声。

「そんな。純粋にすごいって思って」

「自分の書いたものがベストセラーになったり、ファッションリーダーだのなんだのくだらないことでもてはやされる、身の毛もよだつ気分が、おまえにわかるのか？」

吐《は》き捨《す》てるように言うと、波多野さんはすたすたと去っていってしまった。

「ごめんね。今日は虫の居所が悪かったのかな」

友達が苦笑いを浮かべながらとりなすように言って、波多野さんのあとを追っていった。

一人とり残されて、僕は呆然《ぼうぜん》とその場に立ち尽くした。

なんというか、ちょっと色々瞬間的に傷ついていた。

やぶへびだった。声なんかかけるんじゃなかった。波多野さんがごますり調の話題を忌《い》み嫌《きら》っているのは十分知っていたのに。

だけど最後に吐き捨てた言葉の意味はよくわからなかった。自分の本がベストセラーになることが、どうして身の毛もよだつことなんだろう。勝者の傲慢《ごうまん》ってやつか？　そもそも作家っていうのはみんなそれをめざしてやっているんじゃないのか。

いいや、そんな考察はこの際置いておくとして、僕が一番ドキッとしたのは、友達から「ごめんね」と言われた瞬間だった。

もしかして、僕は無意識にとんだ勘違いというか、思い上がりをしていたんじゃないだろうか。

まだ第二寮にいた頃、鏑木から波多野さんとの関係を羨《うらや》まれて、「おまえも一緒に暮らしてみれば大変さがわかるよ」みたいなことを、いかにも身内顔でしゃべったことがあった。

大変だったのは確かだし、げんなりうんざりしていたのも事実だったけれど、その言葉の裏側に、自分は波多野さんに必要とされているのだという自負のようなものがまったくなかったと言えるだろうか？

今、声をかけたのだって、そんな身内感覚の気持ちが少しは残っていたからだったかもしれない。ところが、考えなしの発言が波多野さんの機嫌を損ねてしまい、しかもその波多野さんの態度を友達が「ごめんね」とフォローした。

友達に謝られてしまった時点で、僕は名もないその他大勢だと言われたようなものだった。

考えてみれば当たり前のことなんだけど、波多野さんには僕なんかよりずっと親しい人たちや、古い知り合い、そして熱烈なファンがたくさんいるのだ。

なんだかショックだった。そのことがじゃなくて、そのことになぜか傷ついているらしい自分が不可解で、ショックだった。

「わー、固まってるよー」

つんつんと腕をつつかれ、顔をあげると、望先輩と石田先生がにやにやしながら立っていた。

「はっちゃんに冷たくされたのがショックだったんだね、かわいそうに」

どうやら一部始終を見られていたらしい。きまり悪くて、顔に血の気がのぼった。

「ち、違いますっ！」

同情顔の望先輩に、僕はむきになって否定した。

「波多野さんがわけわかんないこと言うから、どういう意味だろうって考えてただけですよ」

「わけわかんないこと？」

「本がベストセラーになったり、ファッションリーダーって言われるのは、身の毛もよだつとかなんとか」

「ああ、あいつは自分のことが嫌いだからなぁ」

石田先生が、わけ知り顔で一人納得している。

「どういう意味ですか？」

禁煙の廊下《ろうか》で先生は煙草《たばこ》を取り出し、横から望先輩にとりあげられて、子供のように舌打ちをした。

「波多野はちょっと生《お》い立《た》ちが複雑でな。小さい頃に色々大変な思いをしてるんだよ。親戚《しんせき》をたらい回しにされたり」

そういえば、施設で暮らす少年を描いた波多野さんの小説『つきのひかり』は、自伝に近い話だっていってたっけ。

「自分は世の中の厄介者《やっかいもの》だっていう思いが、どこかに植え付けられてるんだと思う。だから、そういう世間を見返したいっていう自己顕示欲《じこけんじよく》が、そもそもの創作の原点だったんじゃないかと思うわけだ」

「だったら尚《なお》のこと、ベストセラーになったら嬉《うれ》しいでしょう？　世間を見返せたわけだから」

石田先生は望先輩の手から煙草を取り返し、残念そうにポケットにしまった。

「あのさ、ガキの頃って、世の中が不思議に満ちてて、なんて面白《おもしろ》いところだろうって思わなかったか？　若けりゃ若いほど、まわりじゅうが自分より年上ばっかりだから、単純に尊敬も信頼もできるし」

急な話題転換に戸惑《とまど》いつつも、うなずいてみせた。

「今も十分面白いですよ。尊敬する人もたくさんいるし」

「ところが、俺くらいの歳になってくると、社会のくだらなさとか、欺瞞《ぎまん》とかが見えてきて、人生なんてこの程度かってだんだんあきらめモードになってきちまうわけよ。知識見識が増えれば増えるほど夢が失われていくこの感覚、わかるか？」

「わかるわかる！」

　僕ではなくて望先輩が勢い込んで答えた。

「すごくわかるよー。僕も、サンタとか魔法使いとかが実在しないって最近知って、すげーがっくりきたもん」

　最近って……。それもどうかと思うけど。

　でも、感覚としてはなんとなくわかる。子供の頃には魔法のように思えた虹やオーロラなんかの自然現象の科学的な理屈を知ったりするのは、嬉しいけどがっかりすることでもある。尊敬してた人が、意外にたいしたことないってわかっちゃうがっかり感も経験あるし。

「まあ、普通は少しずつ順を追ってそのつまらなさに慣れていくものだけど、波多野の場合、一躍《いちやく》有名人になったことで、その幻滅《げんめつ》がいっきにきちまったんじゃないのか」

「幻滅？」

「いい歳の大人たちが波多野の小説を褒《ほ》めそやして、同年代のやつらはそのファッションを手本にしたりする。みんなが自分を褒めたり憧《あこが》れたりするってことは、ことによると世の中自分以下の人間ばかりに思えてくるってことだ」

「神様になったみたいで、気分よさそうじゃないですか」

「自分のことが好きで自己陶酔《じことうすい》できるやつだったらそうだろうな。だけど波多野は自分が嫌いなんだよ。だからこそ、どこかで世の中に期待してるものがあるんじゃないのか。自分が思っているよりも、世間は捨てたもんじゃないって、絶対どこかで信じたい気持ちがあると思うんだ」

石田先生はひょいと肩をすくめた。

「ところが現実では、自分がみんなに褒めそやされ、カリスマだなんだって万単位の人間から憧れられてる。嫌いな自分が世間の頂点に立っちまう、その孤独と幻滅って相当のものだと思うぞ。最近の波多野のスランプは、その辺の倦怠感《けんたいかん》が原因だと踏んでるんだがな」

「わかるわかる」

またもや、相槌を打ったのは望先輩だった。

「あのさー、テストでクラス最高点とかとるじゃん？　そうするとその瞬間は嬉しいんだけど、それ以上はもうないから、あとは維持《いじ》するか落ちるかしかなくて、すげープレッシャーなんだ。カリスマってつまりずっと一番でいなくちゃいけないってことでしょ？　はっちゃんがイヤになる気持ちもわかるよ」

珍しく、望先輩がまともなことを言う。

「おっとマズい。授業が始まるぞ、ちびっ子たち」

本鈴が鳴り響き、気付けば学食の人影はごく疎《まば》らになっていた。

慌《あわ》てて校舎の方に引き返しながら、僕は石田先生の話を反芻《はんすう》していた。

同世代でありながら才能にあふれ世間の注目を浴びる波多野さんを、羨《うらや》ましく思っていた。

あの傲慢《ごうまん》な態度は、人気者ゆえの驕《おご》りだと思っていた。

けれど、時代の寵児《ちょうじ》ゆえの孤独というのもあるのだ。天才にも天才なりの悩みがあるということだ。

波多野さんの顔色の悪さを思い出すと、なぜかちょっと胸が痛んだ。

「で、その後どう？　出た？」

鏑木《かぶらぎ》が嬉々《きき》として訊ねてきた。もちろん、幽霊のことだ。

「出るわけないだろう」

山と抱《かか》えたスケッチブックごしに、僕はつんけん答えてみせた。

上天気の昼休み。鏑木が美術の先生に頼まれた、課題のスケッチブック返却《へんきゃく》の仕事を、昼食後のくつろぎのひとときを犠牲にして手伝ってやっているというのに、恩を仇《あだ》で返すというのはまさにこのことだ。

あれ以来、鏑木は何かと幽霊話を持ち出しては人をおちょくってくる。

「そもそも、幽霊なんて存在するわけないだろう」

さも馬鹿馬鹿しいという口調で言ってみせながら、内心は穏やかではなかった。

実は最近、自分の部屋の物音が気になって仕方ない。ちょっと神経を研《と》ぎ澄《す》ませていると、ミシッとかギシッとか不吉な音が頻繁《ひんぱん》に聞こえる気がするのだ。あれってラップ音ってやつじゃないだろうか。

気にしはじめるとほかにも色々気になってくる。窓ごしの電線にやたらカラスがとまってることとか、部屋の壁のしみが見ようによっては人の形に見えることとか。

憧《あこが》れだった自分だけの部屋が、最近では一番落ち着かない場所になりつつある。

何度か寮の友達にその噂《うわさ》の真偽《しんぎ》を問いただしてみようと思ったのだが、決定的なことを言われたらそれこそ部屋に戻れなくなりそうで、訊《き》けずにいるのだった。

「でもほら、一応気をつけた方がいいぜ。もうすでに取《と》り憑《つ》かれているかも知れないし。突然あの蛍光灯《けいこうとう》が割れて頭の上に落ちてくるとか、見えない手でいきなりこの階段から突き落とされるとか」

ちょうど階段をのぼろうとしていたところだったので、僕は鏑木を睨《にら》みつけた。

「いい加減にしろよ」

「なにマジな顔で怒ってるんだよ。あ、ホントはびびってるんじゃゃん？」

鏑木は完全に面白《おもしろ》がっている。

「あーっ！」

ひとしきりにやにやしたと思ったら、急に突拍子もない声を出すから、それこそ幽霊でも出たかと、心臓が止まりそうになった。

「なんだよ、急に」

「プリントも頼まれてたのに、美術室に忘れてきた」

「そんなの、もう一度取りに行けばいいだろう」

「教室まで行って、また戻るの面倒じゃん。ちょっとこれ、頼む」

「うわっ」

ただでさえ重かったところに、さらに二十冊のスケッチブックをのせられて、思わずよろけそうになる。

「ふざけるなよ」

「悪い、ダッシュで戻ってくるから」

鏑木は憎《にく》めない顔で僕を拝み、廊下をかけ戻って行った。

仕方なく、僕は大荷物を抱えてよろよろと階段をのぼった。足元は全然見えないし、身体を捩《よじ》らないと前も見えない。

もうちょっとで二階に着くというところで、上から降りてくる人の脚《あし》が見えた。端によけようと顔をあげ、どきりとした。

波多野《はたの》さんだった。

僕は慌《あわ》てて顔を伏《ふ》せ、気付かぬふりでスケッチブックの山に隠れた。

この間の一件以来、顔を合わせるのが気まずい。身内顔で声をかけた自分の思い上がり。無神経なお世辞を言ったきまり悪さ。色々な気持ちがあいまって、居たたまれない思いがする。

さっさと通り過ぎてしまおうとこそこそと足を早めながら、そんな自分が情けなくて滑稽《こっけい》だった。たとえば、なんだかこれは告白してふられた相手とばったり会ってしまって思わず逃げ出すとか、そんなシチュエーションと似た惨《みじ》めさがある。いや、状況とはかけ離れたたとえだけど。

そんな馬鹿なことを考えながら歩いていたのがいけなかったのだろうか。

急にふわりと足元が滑《すべ》った。慌てて着地しなおそうとした足が段を踏み外し、僕の身体は完全にバランスを崩《くず》した。手摺《てす》りをつかもうにも、両手がふさがっている。

声も出ない、一瞬のパニック。

その時脳裏《のうり》をよぎったのは、件《くだん》の幽霊のことだった。鏑木の言った通り、やっぱりもうすでに取り憑かれているのかも。

見えない手が僕の足を引っ張る瞬間の映像が頭に浮かび、全身が怖気《おぞけ》立《だ》った。

スケッチブックの山が、雪崩《なだれ》を起こして落下していく。

踊り場までどれくらいの高さがあったっけ？　このまま背中から落ちて、打ち所が悪かったらヤバいことになるかな？

人は生命の危機にさらされた瞬間、一生分の記憶が一瞬のうちに頭のなかに再生されるとかいう話を聞いたことがあるけど、まさにそんな感じ。何かを考えられる余裕なんてとてもない一瞬の間に、色んなことが頭をよぎった。

それもこれも鏑木のせいだっと心の中で叫びながら、逆《さか》らいがたい重力に身をまかせかけたとき。

むちうちのようなショックがあって、僕の身体は天井《てんじょう》を仰《あお》いだまま制止した。

首を起こすと、僕の腕は命綱《いのちづな》のように伸び、波多野さんの手にしっかりとつかまれていた。痩《や》せて見える波多野さんだけど、基本的な体格が僕とは違う。易々《やすやす》と片手で僕の体重を支えている。

きまり悪さと妙なドキドキ感に包まれ、僕はしばし波多野さんの顔を凝視《ぎょうし》してしまった。

「だせー」

ひとこと言い捨て、波多野さんはぱっと手を放した。

「わーっ！」

まだ背後にのけぞったままで、体勢を立てなおしていなかった僕は、その乱暴な仕打ちのせいで数段落下してしまった。もっとも今度は空手《からて》だったので、手摺りにすがることができて大事には至らなかったけど。

「急に放すことないじゃないですかっ」

波多野さんの意地悪ぶりが慣れ親しんだものだったので、お礼を言うのも忘れてこっちもつい第二寮にいた頃のような口のきき方をしてしまった。

すぐにはっと状況を思い出し、僕は気まずく目を伏せた。

「サルのくせに、こんなとこですっ転んでるんじゃねーよ」

波多野さんは小馬鹿にした口調で言った。

「転びたくて転んだんじゃないです。何かに急に足を引っ張られて……」

さっきのぞっとする瞬間がよみがえり、しどろもどろに説明すると、波多野さんは呆《あき》れ返《かえ》ったように片眉《かたまゆ》を動かし、屈《かが》んで何かを拾いあげた。

ビニール袋だった。踏んだらいかにもつるりと滑りそうな感じ。

「幽霊を見たの、UFOを見たのって、くっだらねーことを言い出すやつって、きっとおまえみたいなやつだな」

……返す言葉がない。

だけどそもそも、波多野さんがこんなところを通りかかるから、焦《あせ》って転んだんじゃないか。

いや、しかし焦らなければならない原因は、この間余計なことを言ってしまった僕の方にあるんだっけ。

何の気まぐれか、波多野さんは階段を降りながらその辺に散ったスケッチブック数冊を拾ってくれた。

「あの、この間は余計なこと言って、すみませんでし……イテッ」

殊勝《しゅしょう》に謝ろうとしたのに、五冊ほどのスケッチブックの束《たば》がいきなり頭の上から降ってきた。

「なにするんですかっ」

「ばーか」

子供のような小憎《こにく》らしい一言を残して、波多野さんはすたすたと階段を降りていってしまった。

「なんなんだよ、もう」

ぷんすかとスケッチブックを集めながら、しかし、気が付けば妙に気持ちが軽いような、浮き立っているようなおかしな自分に気が付いた。

久しぶりに、波多野さんと普通の会話を交わした。どうやらそれが、この気分の理由らしい。

僕は自分に面食らった。いったいこれは何なんだ？

普通の会話っていったって、例によってただ小馬鹿にされただけである。それでうきうきしてるなんて、僕はマゾなのか？

いや、違う。別にこれはうきうきなんていうものじゃない。人間、誰でも人から無視されるというのは気分のいいものじゃないから、それがなかったのでほっとしているというだけのことだ。相手が誰かなんて関係ない。人間のごく普通の反応だ。

一人納得してスケッチブックを拾い集めながら、ふと頭の中にさっき僕の手をつかんでくれたときの波多野さんの様子が浮かび、ちょっとかっこよかったなどとうっかり思っている自分に、呆れるのだった。


二週間ぶりの第二寮は、まさに敷居《しきい》が高いという雰囲気《ふんいき》だった。

入ろうか、引き返そうか、玄関の前で迷っていると、いきなり内側からがらりと引き戸が開いた。

「サトちゃん、おかえりっ！」

開く前から僕だと確信していたらしい、望《のぞむ》先輩の声。この人の犬並みの五感のことを忘れていた。

「帰ってきたわけじゃありません。忘れ物を取りに寄っただけです」

僕はしっかりと来訪の理由を説明し、二週間ぶりに第二寮の玄関をあがった。

いんですよ」

「コンパスです。明日の幾何《きか》で使うんですけど、こっちに忘れていったみたいで、見当たらな

「あらあら、大変。どこに行っちゃったのかしら」

キッチンからエプロン姿の美希《みき》先輩が出てきて、相変わらずののどかな声で言いながら、一緒に居間を探してくれた。

「ここにないとすると、はっちゃんのお部屋かしらね」

「波多野《はたの》さん、います？」

訊《たず》ねる声がちょっと緊張する。

階段での一件から三日ほどがたっていた。再び遭遇《そうぐう》したら、今度はどんな態度を取ればいいのか、そ知らぬふりをすべきか、それとも挨拶《あいさつ》したほうがいいのかなどとまたつまらないことで悩んでいた僕だったが、その後は話をするほど近くで会うことはなかった。

遠目には何度か見かけたが、なんだかやっぱりここしばらくの間に痩《や》せたような気がする。相変わらずいい加減な食生活を送っているに違いない。

望先輩は笑いながら首を振った。

「それがさ、さっき若井《わかい》さんが原稿の催促《さいそく》に来て、勝手口からこっそり脱出しちゃったんだ。あさってが締切の原稿、まだ全然出来てないらしいよ」

どうやらスランプはまだ続いているようだ。

部屋の主がいないのでは、勝手に入り込んで家捜《やさが》しするわけにもいかない。

「何時ごろ帰ってきますかね」

「うーん、ちょっと見当がつかないな」

望先輩の答えにかぶるように、美希先輩がぽんと手を打った。

「そうだ、奥ちゃん。せっかくだからご飯を食べていったら？　頑張って腕をふるうからー」

「そうだよ、サトちゃん。久しぶりにゆっくりしていきなよ」

「お気持ちはありがたいんですけど、遠慮《えんりょ》しておきます。第一寮は門限が厳《きび》しいし」

「そんなの、きいっちゃんに裏で手を回してもらえば平気だって」

「え、あの……」

止める間もなく望先輩は携帯を取り出して、石田《いしだ》先生に連絡をとっている。

「ちなみに、今夜のメニューはなんですか？」

美希先輩に訊《たず》ねると、得意そうに微笑《ほほえ》んだ。

「あのねー、『比べてうれしい大きめ具材』の『カレー曜日』よ」

……そんなことだろうと思ったよ。

「……僕が何か作りましょうか」

ついつい、長女体質が頭を持ち上げてしまう。

藤井《ふじい》シスターズは両手をあげてバンザイを叫《さけ》んだ。

実を言えば、コンパスなんてそれほど重要ではなかった。見つからなくても、明日学校の売店で買えば済むことだ。

本当のところは、ちょっと第二寮の様子を覗《のぞ》きたかったのだ。

学校で顔を合わせるたび、藤井シスターズが「今日も朝食抜きだった」「今夜はまたカレーだ」とこぼすので、いったいどんな食生活を送っているのかと、さすがに心配になってきていた。

二人はまだいいとして、波多野さんを見ていると、カレーすらまともに食べているのかどうか疑わしい感じだ。

そうして立ち寄ってみたら、ボロいこの第二寮が妙になつかしく思えて、ほっとしている自分がいた。

それもこれも、鏑木《かぶらぎ》のせいだ。あいつが毎日毎日おかしな幽霊話を蒸し返すから、日に日に第一寮の居心地が悪くなっていくんじゃないか。

「んめーっ！」

麻婆豆腐《マーボードウフ》を一口食べて、石田先生は羊のような奇声を発した。

「まったくおまえは料理の天才だな。帰ってきてくれて嬉《うれ》しいよ」

「帰ってきてなんかいませんよ」

僕はムキになって訂正《ていせい》した。

「忘れ物を取りにきて、行き掛かり上こういうことになっただけで、すぐあっちに戻ります」

「この焼売《シュウマイ》のボリューム感がまた、手作りならではだな」

……おい。人の言うことを聞けよ。

「ホント、焼売がおうちで作れるなんて、知らなかったわ」

「うん。麻婆豆腐の素を使わずに麻婆が作れるのも知らなかったよ」

藤井シスターズもつまんないことで感激している。僕は思わずのめりそうになった。

「こんなの、覚えればすごくカンタンですよ。挽肉《ひきにく》を使い回して両方作れるから、経済的だし」

実家では、時間がないときによく母親がこの二品の献立《こんだて》を作っていた。その母親の味に比べれば、僕の不慣れな手際ではかなり危なっかしい味付けになっているとは思うんだけど、それをこんなに喜んでがつがつ食べてる人たちって、なんだか気の毒な感じ。

「お野菜、こんなにたくさん食べるの久しぶりー」

冷蔵庫の中でひからびかけていた野菜を手当たり次第に放りこんで作った、闇鍋《やみなべ》のような味噌汁《みそしる》にさえ、美希先輩は嬉しげに目を細めている。どんな食生活を送っていたのか、推《お》して知るべしという感じだ。

正直に言えば、僕は三人の反応にかなり満足感を覚えていた。転寮当初は至れり尽《つ》くせりの第一寮に感激していたものの、数日もすると手持ち無沙汰《ぶさた》になり、なんだか自分が透明人間にでもなってしまったような気分だったのだ。

しかし、こうやって人の世話を焼いている方が落ち着くなんて、なんか貧乏性というか、しみったれてるというか、自分の凡庸《ぼんよう》さがいやになる。

僕の複雑な心中など知る由《よし》もなく、三人はまさにガツガツと音がしそうな勢いでご飯をかきこんでいる。

そんな中、一ヵ所の空席がちょっと気になる。

そろそろ八時になるというのに、あの人はどこをうろついているんだ。

「はっちゃん帰って来ないね。冷めちゃうから、食べておいてあげよう」

自分の麻婆を平らげた望先輩が、波多野さんの分に手をのばした。

「ダメです！」

思わず腰を浮かして大声で制してしまった。一瞬その場がしんとなる。

「あ……いや、ほら、食べ過ぎはよくないですよ。これ、結構しょっぱいから、塩分の取りすぎってこともあるし」

「ちぇっ。あ、はっちゃんだ」

望先輩がひょいと眉《まゆ》をあげた。数秒の静寂《せいじゃく》ののち、門扉《もんぴ》のきしむ音がかすかに聞こえてきた。相変わらず、人間離れした聴覚だよな。

玄関をあがり、玉のれんの向こうを通る波多野さんの気配に、僕は妙に緊張してしまった。

「波多野、メシできてるぞ」

石田先生が味噌汁をすすりながら声をかけた。

「いらねーよ」

例によって不機嫌そうな声が返ってくる。

「今日はカレーじゃないぞ。奥村《おくむら》がおまえのために腕によりをかけて作ったご馳走《ちそう》だ」

石田先生が茶化し口調でいらぬ合いの手を入れる。

「何言ってるんですか。別に波多野さんなんかのために作ったわけじゃありませんよっ」

再び腰を浮かせて反論すると、玉のれんがじゃらんと開いた。

「なんかで悪かったな」

波多野さんが剣呑《けんのん》な顔で立っていた。

「あ、いえ……」

「おまえ、こんなところで何してるんだよ」

「あのね、はっちゃんのスランプが心配で、様子を見にきたんですって」

美希先輩がまたくだらない合いの手をいれる。

「だからっ、なんで僕が波多野さんなんかの様子を見にこなきゃならないんですかっ」

「なんかなんかって、失礼なんだよ、おまえは」

「イテッ」

いきなり頭を小突《こづ》かれた。それを見て三人が無責任な笑い声をあげる。

なんなんだよ、もう、とげんなりしながら、そんな空気に懐《なつ》かしさを感じてほっとしている自分は、もっと「なんなんだよ？」って感じで。

どうせそっけなく部屋に戻ってしまうだろうと思っていた波多野さんは、しかし意外にも不機嫌そうな顔のまま、自分の席に着いた。僕はご飯と味噌汁をよそって、さり気なく波多野さんの前に置いた。

「はっちゃん、どこにお出かけしてたの？　お仕事はかどった？」

美希先輩が、のどかに質問を繰り出した。

僕は作家じゃないからわからないけど、原稿が切羽《せっぱ》つまってるときにこう無邪気に「はかどった？」なんて訊《き》かれるのは結構神経を逆撫《さかな》でされることなんじゃないだろうか。

案《あん》の定《じょう》、箸《はし》にのびかけていた波多野さんの手が止まった。

「その後スイートピーは順調に育ってるんですか？」

僕は美希先輩にどうでもいい話題を振って注意をそらした。美希先輩は嬉しげにのってきた。

「うん、とっても順調なの。この間の日曜日は、つるが上手《じょうず》にのびるように望と二人で支え棒を立てたのよ。お花が咲いて、実がなったら、奥ちゃんも食べにきてね」

「……あの、ですからスイートピーは食用にはならないと思うんですけど」

「そう？　食べたことあるの？」

「いえ、ないですけど、世間一般ではそう言われてますよ。それより今度は、食用になるものを栽培《さいばい》してみたらどうですか？　これから夏に向けてなら、きゅうりとかナスとか」

「まあ、おいしそう」

他愛無い《たわいな》会話を交わしている傍《かたわ》らで、波多野さんはスローペースながら箸《はし》を動かし始めた。

僕はほっと胸を撫で下ろした。

「早速、明日苗《なえ》を買ってくるわ。実がなったら、奥ちゃんがお料理してね」

うっ、やぶへびだった。

「いやほら、今日はたまたまこういうことになったけど、僕はもう部外者ですし」

「っていうかさー、サトちゃん、こっち戻ってくれば？」

あっけらかんと、望先輩が提案してきた。

「やっぱサトちゃんがいないと淋《さみ》しいよ」

「そうよー。第一寮はあれだけの大所帯だから、一人くらいの増減はどうってことないでしょうけど、うちは一人減ったら、二十パーセント減なのよぉー」

「戻る気があるなら、俺が話つけるぞ」

口々に誘い掛けてくる。

波多野さんはもちろんそんな話には一切興味のない様子。どうやら麻婆を気に入ってくれたらしく、黙々と食べている。

熱心に見つめる三人と、僕の料理を結構ちゃんと食べてくれている波多野さんを前に、僕はかなり心を動かされていた。

正直なところ、喜びいさんで転寮してはみたものの、第一寮の居心地はあまりいいとは言い難かった。いちばんの原因は鏑木《かぶらぎ》のろくでもない話のせいだが、それを抜きにしても、プライバシー重視の個人主義の生活はどうも身に合わないらしい。

それにひきかえ、久々に寄った第二寮の空気は、悔《くや》しいことに妙に肌《はだ》に馴染むのだった。

いや、別に第二寮が恋しくなったとか、そんなことじゃない。今でも理性の部分は自由と安息を求めている。これはなんというか、たとえばアレルギーに似ている。ソバが大好きなのに、食べると発疹《はっしん》が出るとか、そういうジレンマに近いものがある。

しかし、僕にも一応プライドというものがある。「やっぱりこっちの方が身体に合っている」なんて恥ずかしいこと、今さらとても言えないし、一度出ていったものをそう易々《やすやす》と戻るのは格好悪い。

それに、なんとなくちょっとひがみ根性もなくはなかった。みんなこうは言ってくれているけど、別に僕という人間を必要としてくれているわけじゃなくて、便利なおさんどんが欲しいだけなんじゃないか、と。

「ねえ、サトちゃん、戻っておいでよー。これ以上放っておかれたら、僕たち飢《う》え死《じ》にしちゃうしー」

案の定、僕の邪推《じゃすい》を裏付けるようなことを望先輩が言い出した。

「結局、それでしょう」

僕は苦笑いで返した。

「みなさん、どうせ便利に使える人間が欲しいだけなんでしょう。実家にいたときも、家族にとって僕はただの便利要員だったし、もうそういうのってうんざりです」

皮肉っぽく、言ってみせる。

役に立つけど面白《おもしろ》くない。それはやっぱり僕にとっては相当のコンプレックスで。だからそんなふうに自分を皮肉って、その裏側では「そんなことないよ」と誰かに否定してもらうことをいやらしく期待していたりして。

「そんなこと……」

美希先輩が、僕の望む言葉を口にしかけた時、低く鋭い声がそれをさえぎった。

「おまえ、すげー自惚《うぬぼ》れが強いのな」

からんと箸を置いて、口を開いたのは波多野さんだった。

「え？」

僕は面食らって問い返した。

波多野さんの目が、静かに僕を見ていた。

「子供一人育てるのに、どれだけの金と手間がかかるかわかってるのか？」

「…………」

「便利だからってだけで、何百万も投資するほどの価値が自分にあると思えるなんて、おめでたい神経だな」

思いがけないことを突っ込まれて、僕は答えに窮《きゅう》した。

「愛情に鈍感《どんかん》だから、そんな傲慢《ごうまん》なことが言えるんだよ」

冷ややかな一言に、立場を失った。

こんな程度のことで、なんでここまで怖い顔で詰《なじ》られなきゃならないんだよ。

ちょっとショックだった。

正直なことを言うと、今日僕が第二寮に来たのは、忘れ物よりなにより誰より、波多野さんの様子をうかがいたかったからなのだ。どうしてかなんて自分でもわからない。ただ、ちゃんと食事をしているのかとか、仕事の進行のこととか、波多野さんのことはどうしても気になってしまうのだ。

今夜の献立だって、とにかく波多野さんの苦手な素材を外して、なるべく食べられそうなものをと思って作ったんだ。

もちろん、そんなの全部僕が勝手にやったことだ。だからこそ、そんなことに気を回した自分が、急に情けなくて恥ずかしくて虚《むな》しくなった。

驚きとショックのあとにやってきたのは、理不尽《りふじん》に責められたことに対する反抗的な憤《いきどお》りだった。

いくらこっちが気を回したところで、波多野さんは気付きもしない。こうやって気分次第で人を怒鳴ったり馬鹿にしたりしてストレス発散するような、ろくでもない人なのだ。

そうだよ、そんなこと最初からわかっていたじゃないか。それなのに、無視されたとか、普通に話してくれたとか、そんなことで一喜一憂《いっきいちゆう》して、僕は馬鹿じゃないのか？

波多野さんの食欲だの仕事だの、余計な心配をして損した。

「こらこら、そこ。食事時に不穏な睨《にら》み合《あ》いはやめなさいよ」

石田先生がのほほんと箸をふりながら仲裁に入ってきた。

「とりあえず、お茶でも飲んでなごもうよ。サトちゃん、なにがいい？」

「いりませんよ。どうせまた砂糖水なんでしょう」

八つ当たりで、望先輩に返す口調が荒くなる。そんな自分に嫌気《いやけ》がさして、僕は席を立った。

「奥ちゃん、どこ行くの？」

「帰ります」

「あら、コンパスは？　はっちゃんが帰ってきたんだから、お部屋を探させてもらったら？」

「いいですよ。明日学校で買うから」

僕はさっさと玄関に向かい、引き止めようとする藤井シスターズの声を振りきって第二寮をあとにした。

常に自分の正当性を信じて、怒りを持続できる人って羨《うらや》ましい。

僕はそういうところも優柔不断《ゆうじゅうふだん》で、第一寮に着く頃にはだんだん頭も冷えてきて、あんなふうに第二寮を飛び出してきたことを後悔しはじめていた。

波多野さんにいきなり理不尽な言い掛かりをつけられたことには、確かに腹が立っている。だけど、波多野さんの暴言っていうのは、何も今始まったことじゃない。第二寮にいた頃は毎日のように難癖《なんくせ》つけられていたのだ。

それが今日に限ってキレてしまったのは、僕自身の中に「せっかく波多野さんのために」とかいう恩着せがましい気持ちがあったからだ。

波多野さんは全然僕のことなんか必要としてないし、第二寮を出てからは用事を頼まれたことはおろか、口をきいたこともほとんどない状態だった。それを僕の方から勝手に世話を焼きにいって、その気持ちを理解してもらえなかったからといって勝手にキレたのは、まったく僕の身勝手というものだ。

自室のベッドに倒れこみながら、僕は悶々《もんもん》と頭を抱《かか》えた。

自分では波多野さんのことを疎《うと》んじているつもりで、第二寮を出られたことを喜んでいたのに、自分からまたのこのこと様子を見に出掛けたり、無視された罵倒《ばとう》されたといって激しく傷ついたりしている僕はいったい何なんだ？

結局、僕もただのミーハーファンだったということか。校門の前までおっかけてくる女の子たちと変わらない。有名人との距離の近さになにか自惚れていたのか。

色々考えているとどんどん自分が嫌いになりそうで、僕は怒りの矛先《ほこさき》を無理遣《むりや》り波多野さんに戻した。

僕がミーハーだろうとなんだろうと、この際関係ない。

そもそも、さっきの波多野さんの偉《えら》そうな言い方はなんなんだ？

子供一人育てるのにどれだけの金と手間がかって、そういう自分だって僕と同じ未成年の分際で、よくも偉そうなことが言えたものだ。

ほとんど無理遣りって感じでぷんすか怒っていると、窓の方から小さな物音がした。

最近、この部屋の物音に敏感な僕は、瞬時に身を起こして窓を見た。

カーテンの隙間《すきま》から、ガラス窓にはりついた手のひらが見えた。

心臓が喉元までせりあがり、一瞬にして髪が総毛《そうけ》立《だ》った。

出た、出た、ついに出たっ！

本当に驚くと、人は声もでないのだということを初めて知った。目を見開いたまま、僕はべッドの傍《かたわ》らで腰を抜かした。

手のひらは、ほとほとガラス窓を叩《たた》いた。

悲鳴をあげようと息を吸い込んだとたん、窓に望先輩の顔が映《うつ》った。

「あ……？」

状況が飲み込めず、茫然自失《ぼうぜんじしつ》。

望先輩はジェスチャーで鍵《かぎ》をあけろと言っている。

数秒後、僕はようやく起き上がり、すっかり魂《たましい》を抜かれた気分でのろのろと窓を開けた。

「驚いたぁー？」

「こんなところで何やってるんですかっ。二階ですよ、ここ」

「ありゃ、サトちゃんおでこが汗びっしょり。どうしたの？」

「どうもこうも、とうとう出たかと思って寿命が縮《ちぢ》んだじゃないですか」

「出た？」

「幽霊ですよ。この部屋、出るっていう噂《うわさ》らしいし」

ついつい理性のたがが外れ、誰にも聞くまいと思っていたことがぽろりと口をついて出てしまった。

「幽霊？　出るの？」

「知らないんですか？」

「聞いたことないよー。そんな面白い話があれば、第一寮の友達も教えてくれてると思うんだけど」

やっぱり鏑木の冗談だったのか。有名な話だなんていって、散々人を怯《おび》えさせやがって。

「それで、こんなところに何しにきたんですか」

まっとうな疑問に立ち返って訊《たず》ねると、望先輩はちょっと呆《あき》れたように笑った。

「どうもこうも、あんなふうに飛び出していかれちゃったら、心配じゃん」

「……すみません」

まさかそんなことで追い掛けてきてくれるとは、思いもよらなかった。

「みんな心配してたよ。サトちゃんが急にキレちゃうから」

みんなと言うけど、少なくとも波多野さんは入っていない筈《はず》。

「あのさ、僕の言い方が悪かったのかもしれないけど、別にご飯作ってくれるからサトちゃんに帰ってきて欲しいって思ったわけじゃないよ。みんなサトちゃんのことが好きで、サトちゃんがいると楽しいから、いて欲しいって思ってるんだよ」

「いいですよ、そんなお世辞言ってくれなくても」

「本当だって」

真面目《まじめ》な顔で念を押したあと、いたずらっぽく付け加えた。

「ご飯が嬉《うれ》しい付加価値だっていうのも、本当だけど」

どう考えても、そっちがメインだと思うけど。

望先輩は首をねじって、僕の顔を覗《のぞ》き込《こ》んできた。

「ねえ、人から頼りにされるのって、そんなにうざい？　役に立つ人間って言われるのって、羨《うらや》ましいけどなー」

「役に立たないけど必要だって言われる方が、もっと羨ましいですよ」

それこそ僕の願望なので、つい力んで口にすると、望先輩は快活に笑った。

「でもさー、そんな人って世界に何人もいないと思うよ。それどころか、一人もいないかも。たとえば、はっちゃんなんてあの寮じゃなんの役にも立ってないけど、小説の才能ってことで世間の役に立って必要とされてるわけじゃん？」

それじゃ望先輩たちは？　などとひねくれた質問が脳裏《のうり》をかすめた。まるでそれを読んだように、望先輩はにいと笑った。

「逆に僕と美希なんて、役に立たない人間が必要とされないいい例じゃん」

そうあっけらかんと自虐《じぎゃくてき》的なことを言われると、フォローしなくちゃならなくなる。

「そんなことないでしょう。美希先輩は一緒にいるとなごむし、望先輩は……ええと、そう、なんか愉快《ゆかい》な気分にしてくれるし、だから二人ともやっぱり役に立ってるんですよ」

無理遣りこじつけたつもりだったが、言葉にしてみると確かにその通りな気がしてくる。一人の明るさは、確かに世の中の役に立ってると思う。

「ありがとう」

望先輩はにこにこと嬉しげな顔をした。

「つまり色んな役に立ち方があるってことでしょ？　だったら、サトちゃんも、自分が役に立つってことをもっと自慢に思っていいんじゃないかな」

それとこれとはまた違う気もするけど。

「別にご飯作ってくれなくてもいいから、また第二寮にも遊びにきてよ。サトちゃんが急に帰っちゃったから、はっちゃんも気にしてたよ」

望先輩のとってつけたようなフォローに、僕は思わず笑ってしまった。

「気にするわけないじゃないですか、波多野さんが」

「わかってないなぁ」

望先輩は困ったように笑った。

「あのね、さっきはっちゃんがあんなこと言ったのは、別にサトちゃんを怒らせようとしたわけじゃないと思うんだ」

そんなことはわかってる。単にスランプのストレス発散に人の揚げ足を取りたかっただけだろう。波多野さんはそういう人だ。

「ほら、はっちゃんって生《お》い立《た》ちに色々ある人だからさ。サトちゃんの言葉に、そういうコンプレックスを刺激されるところがあったんじゃないかな」

しかし、望先輩の説明は、微妙に僕の理解とは食い違っていた。

「コンプレックス？」

望先輩はひょいと肩をすくめた。

「サトちゃんがああいうこと言えるのは、やっぱり幸せな家庭で育ったからなんだよね」

言われて、ふいと僕は波多野さんの境遇《きょうぐう》のことを思い出した。詳《くわ》しいことは知らないけれど、施設育ちで、お母さんは亡くなっていて、どうやら学費は自分で捻出《ねんしゅつ》しているらしいということは、僕もなんとなく知っていた。

……もしかして、僕こそ無神経のきわみかも。

「見つかるとヤバいから、そろそろ帰るね」

廊下《ろうか》から『点呼でーす』という寮長の声が聞こえてきて、望先輩は立ち上がった。

「あ、そうだ。これを届けにきたんだっけ」

ポケットからコンパスを取り出した。

「あ、すみません」

「僕のじゃないよ。はっちゃんが持っていけって言うからさー」

望先輩はにこにこしながら窓の方に引き返していく。

「そんなところから帰ったら、危ないですよ」

「平気平気。身の軽さには自信があるから。そんなわけで、また遊びにおいでよ」

手を振って、窓の向こうにひらりと消えた。

一人とり残された僕は、ぼんやりとコンパスに目を落とした。

僕はひがみ根性のかたまりみたいなところがあって、人の言動に傷つくことはしょっちゅうだが、自分が人を傷つけるということを、あまり考えたことがなかった。

何の気なしに叩《たた》いた減らず口だったけれど、冷静に考えてみれば、ずいぶん思い上がった言葉だった。

世の中には、色々な苦労をしている人がいる。波多野さんのように身寄りがなくて、学費も生活費も自力で稼《かせ》いでいる人だっているのだ。そういう人の目から見たら、さっきの僕の言い方は、確かに無神経でカンに障《さわ》るものだったに違いない。

自分にとっては大きなコンプレックスであり、悩みであることも、もっと大きな目で見れば幸せの範疇《はんちゅう》の出来事なのだ。僕だって、なにも本当に親兄弟から便利なだけで重宝《ちょうほう》がられていたと思ってるわけじゃない。幸せだからこそ、些細《ささい》なことで不幸ぶったり、自分を人と比較して卑下《ひげ》したりしてしまうんだろうな。

僕の両親は、僕が天才だろうがとんでもない役立たずだろうが、ただわが子だというだけで無条件で育ててくれて、学校にも行かせてくれる。その一見普通のことが、実はすごく恵まれているということを、まったく気付かずに生きてきた。あまりに当たり前のことと考えて、感謝したことすらなかった。

第二寮に戻って、波多野さんに謝りたいと思った。

けれどこっちはすでに点呼の時間で、そんなことで寮を抜け出すわけにはいかないし、僕が謝ったところで、波多野さんはまた「ふん」とか「馬鹿」とか「コザル」とか言って終わってしまうに違いない。

久しぶりに幽霊のことを忘れて、別の物思いのうちに夜は更《ふ》けていった。


運命、転機、勢い、行き掛かり、魔が差した等々、世の中にはちょっとしたタイミングで、ころりと進む方向が変わってしまうことがある。

翌日の昼休み、いつものメンバーで学食の座席を探していたところに、石田《いしだ》先生が声をかけてきた。

「よう。昨夜《ゆうべ》は久しぶりにうまいものを食わせてもらったよ」

「いえ」

昨夜のいきさつを考えるとなんとなくきまりが悪くて、僕はちょっと目を伏《ふ》せた。

先生はそんな僕の心中を察したように、磊落《らいらく》に笑いながら僕の頭をかき回した。

「波多野《はたの》のことは気にするな。あのカリスマくん、相変わらず仕事がのらないらしくてな」

その茶化した呼称で、波多野さんが時代のホープみたいに言われてげんなりしているのだということを思い出した。スランプは相変わらず続いているらしい。

「まあ、昨夜のあれは鬱憤《うっぷん》晴《ば》らしの八つ当たりみたいなもんだから、いちいち真に受けなくていいぞ」

そう言われても。自分に対する反省もあるし、波多野さんの言葉の剣にはやっぱりへこむ。

「なんか僕、波多野さんにはことさら嫌われてる気がするんですけど」

先生は軽く笑った。

「そんなことはないだろう」

「ありますよ。だって、他の人と、僕に対してじゃ、態度が全然違うじゃないですか」

僕というより、第二寮の面々全般に対してそういう傾向があるけど。

「それだけ、気を許してるってことじゃないのか」

月並みなフォローだ。

僕が納得していないのを見越してか、石田先生は続けた。

「あいつは、嫌われたくない相手をあえて突き放すくせがあるんだよ」

なんだそれは。今度はフォローにすらなってないぞ。

「冷たくしておけば、相手から嫌われた時に『こっちから嫌われるように仕向けたんだ』って強がれるだろう」

「そんなイソップ物語の寓話《ぐうわ》みたいな話、僕には理解できません」

石田先生は、はははと笑った。

「まあとにかく、また気楽に遊びにきなさい」

そう言われても、どの面下《つらさ》げてって感じだよ。

「ああ、そういえば今度うちの寮に新人が入ることになったから」

石田先生が急に思い出したように言った。

「え？」

僕はびっくりして思わず顔をあげた。

「転入生が来るんだが、ほら、第一寮は今満室だろう？　それでうちで引き受けることになりそうなんだ」

「そうなんですか……」

答える声が妙に虚《うつ》ろにかぼそくなった。

心密《こころひそ》かに第二寮への郷愁《きょうしゅう》を感じていた僕には、ちょっとショックな話だった。なんだか居場所を剝脱《はくだつ》された感じ。居場所もなにも、今の僕は第一寮の住人なんだから、そもそも第一寮に居場所なんかあるはずないのだが。

新人が入れば、望《のぞむ》先輩や美希《みき》先輩の興味はそちらに移って、もう僕のことなど見向きもしなくなるだろうか?

部屋割りはどうなるんだ? 僕がいたときみたいに、波多野さんと同室とか?

「あの、でも、転入生にいきなりあの環境はキツくないですか? 食事当番とか押しつけられたら気の毒だし」

「嫌がることを無理にさせたりはしないさ」

「いや、でもほら、波多野さんとか気難しいから、うまくやっていけるかどうか」

「むしろ有名人と同じ場所に住めるって、喜ぶんじゃないのか。案外、波多野ファンってこともありそうだし」

「でも、波多野さんの方はどうかなぁ。そりが合わない相手だったりすると、あのやさぐれた性格に拍車がかかりそうじゃないですか」

「心配だったら、奥村《おくむら》が戻ってくるか?」

おもしろがるような表情で問われて、僕ははっと我に返った。

「と、とんでもないですよ。せっかく恵まれた環境に移れたっていうのに、そんな、冗談じゃない」

きまり悪さのあまり、ムキになって拒絶してしまった。

「そうかぁ、残念だな。奥村が戻ってきてくれれば万事丸く納まるんだが、そんなにイヤじゃ仕方ない」

先生はさっさと提案を引っ込めてしまった。

妙なもので、こうあっさり引かれると、思わず前のめりになってしまう。

「あの、もしなんだったら、二、三日考えてみますけど……」

「いや、もう二、三日のうちには編入してくる予定だから、そうそう時間もないんだ。余計な心配させて悪かったな。じゃあな」

ひょいと手をあげて、石田先生は立ち去ろうとした。

「あ、先生！」

僕は、咄嗟《とっさ》にその背中を呼び止めていた。

多分、何日か考える時間があれば、僕はもっと冷静に違う結論に達していたと思う。なんというかそれは、バーゲン最終日のような心理状態で、買い損なったらもう手に入らないみたいな焦《あせ》りが判断力を狂わせた。

「あの、やっぱり、僕が戻りま……しょうか？」

自分でも納得しかねる提案がそろそろと口をついて出た。

ここで石田先生があっさり「そうか」と言ったら、僕は「やっぱりやめます」と言い直していたに違いない。

しかし、石田先生は笑ってかぶりを振った。

「無理しなくていいさ。せっかく快適な第一寮の生活を、みすみす放棄《ほうき》することもない。こっちはこっちでなんとかやるさ」

「え……でも」

「うちはうちで、少人数のよさってものがあるし、藤井《ふじい》シスターズも波多野も根は悪い人間じゃないから、新人くんも慣れれば仲良くやってくれるだろう」

僕の脳裏に、まだ見ぬ転入生があのぼろっちい寮で和気あいあいとやっている姿が浮かんだ。想像の中の波多野さんは楽しそうな笑顔だった。

冗談じゃないと思った。なにが冗談じゃないのか、自分でもわからなかったけど。

「やっぱり僕が戻ります」

僕はきっぱり断言し、そのあとにもごもごと付け加えた。

「どう考えてもあの環境は転入生には気の毒ですよ。僕が犠牲《ぎせい》になれば済むんだったら、それに越したことはないです」

恩着せがましいことを言いながら、もう一人の自分が「この大嘘つき」と僕を罵《ののし》っている。

ここでさらに石田先生が「そんなやせ我慢してまで戻ってきてくれなくてもいい」なんて言い出したら、僕はとうとうかっこ悪い本音を吐露《とろ》させられるところだったけど。

「そうかぁ。そこまで言ってくれるなら」

先生はにわかに相好《そうごう》を崩《くず》して、僕の肩をバンバン叩いた。

「今日はちょうど五限目が空《あ》きなんだ。これから早速第一寮に行って、荷物を運びだしておくから」

「え？　なにもそんな速攻で……」

「いいからいいから。今日は間違わずに第二寮の方に帰ってこいよ。あ、夕飯はロールキャベツがいいな。じゃあな」

おいおいおい。なんなんだよ、その夕食のメニューまで指定してくるっていうのは。

立ち去る先生の背中を目で追いながら、今の会話を反芻《はんすう》しているうちに、ちょっと血の気が引いてきた。まさか、もしかして、ハメられた、とか？

呆然《ぼうぜん》としながら、先に席を確保している仲間のところに行くと、後藤《ごとう》が不思議そうに僕の顔を覗《のぞ》き込《こ》んできた。

「どうしたの？　なんだかツチノコでも見つけたような顔をしてるけど」

「いや……なんか急に、今日から第二寮に戻ることになった」

「お、なんだよ、とうとう里心がついたか？」

鏑木《かぶらぎ》が茶化してくる。

「そんなんじゃないよ。色々事情があって」

「色々って？」

と仲沢《なかざわ》。

「色々ちょっと込み入ってて」

転入生に部屋を譲《ゆず》ったと言えばひとことで説明がつくのだが、どうして譲ったのかとさらに突っ込まれると、ちょっと答えに窮《きゅう》してしまう。

「なんだかわからないけど、大変そうね。折角の快適な第一寮を出なきゃならないなんて」

後藤が同情的にフォローしてくれたので、僕はうなずいてみせた。

「そうなんだ。まあでも、確かに第一寮は居心地がよかったけど、僕の部屋はいわくつきだったし」

「ああ、鏑木くんが言ってた幽霊のこと？」

「そうそう。昨夜もなんかヘンな気配がしてさ」

望先輩の侵入《しんにゅう》でびっくりしたことを思い出しつつ、僕は怖そうな素振《そぶ》りをしてみせた。そうだよ、これはなかなかいい口実だ。第二寮の人たちから戻ってきた理由を訊《き》かれたときにも使えるぞ。

「鏑木が忠告してくれたとおり、やっぱりあの部屋は何かあると思うんだ。ヤバいことにならないうちに、出たほうがいいかなとも思って」

「おまえ、おばけが怖くて出戻るわけ？」

鏑木が目を丸くした。

……そういう言い方をされると、なんか屈辱《くつじょく》的だけど。でも、第二寮の雰囲気《ふんいき》が恋しくなったとか、実は必要とされることに結構生きがいを感じていたらしいとか、転入生が波多野さんと仲良くなることを想像してなぜか焦ったとか、そんな恥ずかしい本音を知られるくらいなら、おばけに怯《おび》えて渋々戻る間抜けな男と思われた方がましな気がする。

一瞬の沈黙のあと、鏑木はくるりと僕らに背中を向けた。

「鏑木？　どうした？」

なんだかガタガタと肩が震《ふる》えている。おばけの話がそんなに怖かったのだろうかと、椅子を傾けて覗き込むと、鏑木は顔を真っ赤にして必死で笑いをこらえている。

「おい、なに笑ってるんだよ」

「いや、だってまさか、信じるとは思わなかったから。第一寮に出戻るほど怯えてたなんて」

とうとうこらえきれなくなった様子で、鏑木は盛大に吹き出した。

「幽霊なんて信じないとか言っておきながら、実は毎晩すっげー怯えてたんだって、想像するとハライテー」

この態度には、さすがに僕もむかっときた。

幽霊が怖いなんて話はこじつけにすぎないのに、笑い者になりながらも言《い》い訳《わけ》できない状況が歯痒《はがゆ》い。なにより、実際鏑木の幽霊話のせいで、部屋にいて気が休まるひまがなかったのも事実なのだ。

僕は立ち上がって、鏑木の首をうしろから羽交い絞めにした。

「他人事《ひとごと》だと思って、無神経な作り話をでっちあげやがって。ふざけるなよ」

「わー、バカっ、苦しいって」

かなり本気で腹が立っていたので、容赦《ようしゃ》なく首を絞めあげた。

鏑木は笑うのをやめて、もがきはじめた。

「ごめんごめん、悪かったって。だけど別に俺がでっちあげたわけじゃねーよ。俺は単に波多野さんに頼まれて……」

「波多野さん？」

思いがけない人の名前が思いがけないところで出てきて、僕は思わず腕をゆるめた。

「波多野さんにって、どういうことだよ」

鏑木はしまったという顔で、ごまかすように咳《せ》き込《こ》んだ。

「どういうことだよ？」

しっかり顔を覗き込んでもう一度訊《き》くと、鏑木は観念した様子で肩をすくめた。

「だから、波多野さんに頼まれたんだよ。奥村に、おばけの話を吹き込んでビビらせろって」

開いた口がふさがらないというのはこのことだ。なんといったらいいか、もう、愕然《がくぜん》としてしまった。

転寮してから、波多野さんは僕のことをまるで空気かなにかみたいに無視していたから、もうすっかり忘れ去られているのだと思っていた。まさか裏でそんな姑息《こそく》なことをやっていたとは。

「なんて陰湿《いんしつ》な嫌がらせなんだ」

思わず唸《うな》ってしまう。いかにも波多野さんらしい底意地の悪さだと半《なか》ば感心しつつ、しかし考えてみれば、どうしてそうまでしていびられなければならないのか、理由がわからない。寮を出てまでねちねちと根にもたれるようなことを僕がしたというのか？

「波多野さんの作戦を聞いたときには、あまりに馬鹿馬鹿しすぎると思ったけど、まさかこんなにうまくいくとはなぁ」

僕の疑惑を知ってか知らずか、鏑木が感心したように言った。

「作戦？」

「ああ。いわくつきの部屋だってわかれば、奥村がびびってすぐに第二寮に戻ってくるだろうって」

僕は再び愕然となった。

なんなんだよ、それは？

「あ、俺がしゃべったって波多野さんに言うなよ？　わざわざ俺なんかに計画をもちかけてくれて、すっげー嬉《うれ》しかったのに、奥村にばらしたってわかったら、きっと幻滅《げんめつ》されちゃうよ。な？　な？」

真剣な顔で念押しされて、僕はうわの空でうなずいた。

「しかし、羨《うらや》ましい話だよな。あの波多野さんに、そうまでして戻ってきて欲しいって思われてるなんて」

「便利なパシリが欲しいだけだって」

実際、その通りなんだろうけど、僕は妙に感じ入っていた。あの波多野さんが、たとえそういう理由であろうと、僕が出ていったことを不自由に思っていたなんて。

「奥村くんが第二寮に戻ったら、遊びに行ってもいい？」

「第一寮は寮則厳《きび》しくて、寮生以外は出入り禁止だったもんね。今度はバシバシ遊びに行けるね」

後藤と仲沢が口々に言い、僕は再びうわの空でうなずきながら、牛乳をすすった。

人生最大級の、不可思議な気分だった。


二日続きで見上げる第二寮のボロ玄関。

昨日はただのビジターだったが、今日はロールキャベツの材料が入ったスーパーの袋を提《さ》げ、住人としての帰宅だった。

出戻りというのは、相当バツが悪い。しかし躊躇《ちゅうちょ》していてもどうせ望《のぞむ》先輩に嗅《か》ぎ付《つ》けられるので、僕はひとつ深呼吸をして、えいやと玄関を開けた。

「わーい、サトちゃん！　おかえり～」

「おかえりなさーい」

案《あん》の定《じょう》、望先輩と美希《みき》先輩はすでに玄関に勢揃《せいぞろ》いしていて、ちぎれんばかりに尻尾《しっぽ》を振っているっていう雰囲気《ふんいき》だった。

ああやれやれ、またこの日々かと少々うんざりしながら、けれどどこかほっとしているのも事実だった。

「ただいま」

少し照《て》れ臭《くさ》い気分で、挨拶《あいさつ》を返した。

「んー、キャベツの匂《にお》いがする」

望先輩が、スーパーの袋にすりすりと頬を寄せた。

「それと、挽肉《ひきにく》と水煮トマトの匂い～」

……犬並みの五感という表現は訂正せねば。いくら犬でも、缶詰《かんづめ》の中の匂いまでは嗅《か》ぎ分《わ》けられまい。おそるべし。

「もしかして今夜はロールキャベツ？」

「そうです。石田《いしだ》先生のリクエストで、仕方なく」

二人の喜びの声を聞きながら、キッチンに荷物を置きにいき、さて、と僕はちょっと身構えた。

石田先生は僕の荷物をどこに運んでくれたのだろうか。居間か、それとも元通りの波多野《はたの》さんの部屋か。

いきなり波多野さんの部屋にあがる勇気はなかったので、とりあえず居間を覗《のぞ》いた。残念ながら、僕のものは何一つ見当たらなかった。

やはり二階かと、意を決しかけたとき、ふと、廊下《ろうか》に伸びた脚が見えた。

恐る恐る覗くと、夕日の射し込む縁側に波多野さんが寝そべっていた。

長い手足を投げ出した自堕落《じだらく》な格好。けれど高い鼻梁《びりょう》とまつげの影が落ちたその端整な顔は、悔《くや》しいけれど理知的で格好がいいのだった。なんだかんだ言っても「新世紀のカリスマ」なんて言われてる人だもんな。やっぱりなんだか、人間のできが違うという感じがする。

幽霊話が波多野さんの画策《かくさく》だったという、鏑木《かぶらぎ》の告白が頭をかすめたが、こうして本人を目の前にすると、たとえどんな理由といえども、この人が僕の帰寮を望んでいたなんて話は到底信じがたかった。

アイドル的な人気を持つベストセラー作家様、なのである。その気になれば、秘書でもマネージャーでも雇《やと》えるだろうし、無償《むしょう》で手伝わせて欲しいというファンだって、山ほどいるに違いない。

なにも僕である必然性などないのだ。

僕が身動きすると、波多野さんの顔にかかる影が移動した。それに反応するように、波多野さんが目を開いた。

「……なんだよ、出戻り小僧《こぞう》。昨日の恨《うら》みごとでも言いにきたのか」

開口一番、いつもの憎《にく》まれ口《ぐち》。

果たして波多野さんに対してどういう態度を取ればいいのか、昨夜から、いや、ここしばらくずっと悩んでいたけれど。

どうもこうも、今さら変えようがない。波多野さんは波多野さんで、僕はやっぱり僕でしかなくて。

「仕事は終わったんですか？」

僕は、いかにも僕らしいお節介《せっかい》な台詞《セリフ》を口にした。

「余計なお世話だ」

波多野さんも、いかにも波多野さんらしい返答。

「締切は明日でしょう？　スランプだなんだってつまんないこと言ってないで、さっさとやったらどうですか」

もう、うだうだ考えたって仕方ない。好かれようが嫌われようが、僕は今まで通り、僕の思うとおりにやる。

うざったそうに見上げてくる波多野さんを、僕は毅然《きぜん》と睨《にら》み返《かえ》した。

「人のこと傲慢《ごうまん》だって言うけど、自分はどうなんですか？　カリスマだかファッションリーダーだか知りませんけど、僕はいつもジャージで家の中を徘徊《はいかい》してる波多野さんのこと知ってるから、全然かっこいいなんて思いませんよ。そんなことがプレッシャーでスランプになるなんて、それこそ思い上がりじゃないんですか」

言い返されると怖いので、ひといきにまくしたてた。

「だいたい、ベストセラーがなんだって言うんですか。そんなもの、何百人って人が瞬間最大風速で経験してることで、珍しくもないですよ。身の毛もよだつなんて、いい気になるのはせめてノーベル文学賞くらいとってからにしたらどうですか」

世の中は、波多野さんが幻滅しきるほどつまらないところじゃないと思う。……と言いたいけれど、うまく表現できなくて……。

数秒の沈黙ののち、波多野さんはむくりと起き上がった。

ポケットに手を突っ込んで僕の前までくると、ふんと鼻を鳴らした。

「偉《えら》そうに説教たれてるんじゃねーよ、出戻りコザルが」

うっ。こうして立たれると、身長差もあるし威圧感《いあつかん》があるんだよな。

「ったく。よくものこのこ戻ってこられたもんだよな」

思いっきり小馬鹿にした口調で言われて、僕は負けまいと睨み返した。

「だって仕方がないでしょう。波多野さんは僕がいないとダメみたいだし」

今度は大馬鹿にされるだろうとは想像できたが、悔《くや》しまぎれに恐ろしいことを言い返してみた。もはや自暴自棄《じぼうじき》。ざまみろって感じ。

案の定、波多野さんは完全に見下したように僕を睥睨《へいげい》した。そしてひとこと。

「わかってるなら、出ていってんじゃねーよ」

吐《は》き捨《す》てるように言うと、僕の傍《かたわ》らを通り抜け、二階にあがっていってしまった。

一瞬、僕は石になった。

ななななんだっ、今の会話は？

売り冗談に買い冗談か？

茫然《ぼうぜん》と固まっている背後から、黄色い歓声があがった。

「みぃーちゃった、みぃーちゃった」

「ラブラブねぇ」

藤井《ふじい》シスターズが襖《ふすま》の陰からにやにやとこっちを覗き込んでいる。

「なに言ってるんですか、まったく」

さらりと無表情にかわそうとしたのだが、なぜか舌がもつれ、顔がかっかしてきた。

「早速、きいっちゃんに報告しなきゃ」

望先輩が嬉しげに携帯を取り出した。

「そんなこと、いちいち電話で報告してどうするんですかっ」

「だって、未成年のセックスには保護者の承諾《しょうだく》が必要だって、きいっちゃん言ってたじゃん」

「……人をおちょくるのも大概《たいがい》にしてください」

僕はにやつく望先輩の手から、携帯を取り上げた。

ああ、戻る早々、いいおもちゃにされている。

「夕飯の支度《したく》の前に、荷物の整理をしてきます」

ぐったりしながら階段に向かい、しかし今度は階段の下で思わず足が止まってしまった。

さっき、帰ってきたばっかりの時とは違う意味で、波多野さんの部屋にあがる勇気がない。

どういう意味か理由かは不明だけれど、僕の勘違いでなければ、波多野さんは僕を必要としてくれているらしい。

そして僕は……？

第二寮を離れていた間、波多野さんのことがやたら気になっていた。仕事のこと、体調のこと。そしてなにより、自分に対する波多野さんの態度。無視されたといっては傷付き、親しげな友達の存在にショックを受け、転入生が波多野さんと仲良くなることを想像して焦ったりして……。

この感情っていったいなんなんだ？

考え詰めると、知恵熱が出そうな気分だった。

こうして再び、僕は受難の日々に身を投じることになったのだった。

夜明けまであと少し

SUGAR
SUGAR
SUGAR
SUGAR
SUGAR
MILD SEVEN
Charcoal Filter
MILD SEVEN

傍《かたわ》らから聞こえる小さなうめき声で、石田貴一《いしだきいち》は目を覚ました。

明け方の薄闇《うすやみ》の中、望《のぞむ》が眉根《まゆね》を寄せ、寝苦しそうに身を捩《よじ》っている。小さな顔に手を触れると、うっすらと汗ばんでいた。

「おい、望」

頬を軽く叩《たた》くと、望はびくりと身体を震わせ、目を開いた。

「あれ、きいっちゃん。おはよー」

大きな瞳が無邪気にしばたたかれ、いましがたのうなされようが嘘のような笑みがこぼれる。

「おはようじゃない。まだ夜明け前だぞ」

「えー？　だったらなんで起こすんだよ」

望は口を尖《とが》らせて薄暗い部屋を見回し、なにかに思い至った様子で石田に視線を戻した。

「あ、わかった。僕の寝顔を見てるうちに、欲情してやりたくなっちゃったんでしょう。それならそうと、早く言ってよ」

「アホ」

いそいそとクマ柄パジャマのボタンに指をかける望を、石田は小突き倒した。

「イテッ。なんだよ、暴力教師！　ったく人前じゃおちゃらけてるくせに、なんで二人だとそうつれないわけ？」

「それはお互い様だろう」

「きいっちゃんの方が全然極端だよ」

「大人には本音と建前《たてまえ》ってものがあるんだよ」

「普通それってさー、人前では取り澄ましてて、陰でおちゃらけるものなんじゃないの？　きいっちゃんの場合、逆じゃん」

「……それ以前にだな、おじさんはきみたちティーンエイジャーと違って、寝起きにいきなりそんなハイテンションになれんのだよ」

「なんだよ、自分で人のこと起こしておいて」

石田はピースをくわえながら、望の耳を引っ張った。

「言っておくけど、起こされたのは俺が先だ」

「へ？」

「えらくうなされてたぞ。おばけの夢でも見たか？」

望はなにかを思い出すように目を細めたあと、ぽんと手を叩いた。

「思い出した。輪姦《まわ》される夢見た」

石田は口の端からぽろりと煙草《たばこ》を落とした。

目の前の無邪気な顔からは冗談としか思えないが、先程の苦悶《くもん》の表情を思い出すと、あながちふざけているとも思えない。

耳を摘《つま》んだ指をこめかみにすべりこませて癒《いや》すように撫《な》でると、望はくすぐったそうに身をすくめながら、石田の瞳を仰《あお》ぎ見《み》た。

「そんな顔しないでよ。夢だよ、ただの夢。きいっちゃんだってわけわかんない夢見ることあるでしょ？　別に昔のことを引きずっててフラッシュバックしたとか、そんなんじゃないよ」

「そうだな……」

少年の明るすぎる笑顔を眺《なが》めながら、石田はピースをくわえ直した。

「フラッシュバックっていうとあれか、あの柿の種なんかが、こう個包装になってる……」

「それはフレッシュパックだよーん。座布団半枚ってとこかな。だんだん目が覚めてきたみたいだね、きいっちゃん。目覚めに一発やる？」

「……おまえなぁ、そんな夢見たあとに、よくもそういう軽口が叩けるな」

望は軽やかな声で笑い、石田の唇から煙草をかすめとって、慣れた仕草で火をつけた。

「外では吸うなよ」

「わかってるよ。飲酒も喫煙《きつえん》もセックスも、成人するまではきいっちゃんの前だけって決めてるもん」

言いながら、煙を石田の顔に吹きかけてくる。

小悪魔めいた表情に一瞬かつての面影《おもかげ》がかすめ、初めて会ったときのことがふと頭をよぎった。

じっと見つめる石田の視線をどう思ったのか、望はひょいと肩をすくめた。

「はいはい、みんなが起きる前に部屋に戻れって言うんでしょ？　わかってるよ。その前に目覚めの一杯くらい飲ませてよ」

くわえ煙草で布団の上を這《は》い、パジャマの上に羽織ってきたカーディガンに手をのばす。ポケットから不揃《ふぞろ》いなスティックシュガーが顔を覗《のぞ》かせていた。ファストフード店やファミレスのドリンクバーからくすねてきた、色とりどりの砂糖の山。

「望くん。いい加減に家出小僧《こぞう》時代のクセから卒業しなさい」

石田は思わず失笑をもらした。

クマ柄のマイカップに砂糖を入れ、電気ポットの湯を注ぎながら、望は口を尖らせた。

「クセなんて失礼だなぁ。あの頃の僕には、超貴重なカロリー源だったんだから。砂糖だけで丸二日しのいだこともあったし」

「威張《いば》れることか。そのあとブッ倒れたじゃないか」

「ははは。その節はお世話になりました」

望は湯気の立つカップを石田に差し出してきた。一口あおると、甘ったるさが口のなかに広がった。

石田は望のうなじを引き寄せて唇をあわせ、砂糖水を注ぎ込んだ。

「んーっ!!」

押《お》し退《の》けようともがく手をつかんで抵抗を封じると、望は神妙に大人しくなった。調子にのって舌先をねじ込もうとしたとたん、砂糖水が逆流してきた。

たまらず唇を離してむせかえると、望は身を捩って楽しげに笑いだした。

「きいっちゃんの負けー！」

「不覚」

石田は舌打ちして望をねめつけ、毛布に潜《もぐ》り込《こ》んだ。

「あれ、ヘソ曲げちゃったの」

「もう一眠りするんだよ。こんな時間から起きて活動するほど、若くも年寄りでもないんでな」

言葉にかぶさるように、隣の部屋から振動が響いてきた。続いて悲壮《ひそう》な叫び声。

「波多野《はたの》さんっ、その寝相なんとかしてください！」

「またやってるよ」

望が楽しそうに壁の向こうを指差した。

「隣も起きたみたいだし、僕も戻るよ」

飄々《ひょうひょう》と言いながら、しかしスティックシュガーを揃えたり、カップを片付けたり、やけにのろのろとどうでもいいことをしている。

未練げな様子が妙に愛《いと》しくなって、石田は毛布の一端をめくり、望に声をかけた。

「もう一眠りしていくか？」

「いいの？」

望は嬉《うれ》しげに電光石火《でんこうせっか》の早業《はやわざ》で毛布の中に転がり込んできた。

「あ、きいっちゃん。朝から元気」

「こらこら、どこを触ってるんだ」

石田は顔をしかめて、無遠慮《ぶえんりょ》な手をつかまえた。

「相変わらず細っこい腕だな」

「あの頃よりはしっかりしたでしょ」

毛布の中でごそごそと体勢を変え、石田の腕の中にすっぽりと収まってくる。懐《なつ》いてくる仕草は、性的な意味合いというより親に甘える幼児のようだ。

「何を甘ったれてるんだ。幼児返りですか、望くん」

「いいじゃん。別に一生甘えさせてもらおうなんて、思ってないよ。どうせあと二年足らずで卒業しちゃうわけだし」

明るい口調の裏側に、どこか刹那的《せつなてき》な厭世観《えんせいかん》を感じるのは、いまだ昔の印象が抜けきらないせいだろうか。

石田は自分の勘繰《かんぐ》りに苦笑しながら、望の身体を背中から抱き寄せた。

「成人するまでで済むと思ったら、大間違いだぞ」

耳元にささやくと、望はくすぐったそうに身をすくめて笑い声で問い返してきた。

「なんの話？」

「わからないなら別にいい」

「ホントはわかってるよーん。酒と煙草とセックスの話でしょう」

「違う」

「え、違うの？」

「酒と煙草はどうでもいい。残るひとつが問題だ」

望は嬉しげに笑った。

「嘘でもまやかしでも、誰かに独占されてる気分って楽しいね」

「嘘かまやかしか、試してみるか？」

「なんだよ、やっぱりやりたかったんじゃん」

「ああ、その通りだ。さっさとやらせろ」

「きゃーっ、きいっちゃん、ワイルド〜」

なにもかもを冗談にするように茶化す声は、石田がパジャマの中に手を這わせてしばらくすると、色合いを変えた。

「あっ、バカっ。なんだよ、こんな時間から活動する気力ないんじゃなかったの？」

「これは別腹」

年中おちゃらけている少年が、こんな時にだけ見せるはにかんだ表情や扇情的《せんじょうてき》なかすれ声は、石田の身体も気持ちも熱くする。

「最後まで、やっちゃっていいか？」

耳元で訊《たず》ねると、望はあえぎ声をかみ殺しながら身を捩った。

「バカ。隣、起きてるって」

「寝直しただろ。まだ夜明け前だ」

「ホントに教師かよ」

抗議の声をあげながらも、望は両腕を石田の首にのばして、キスをせがんできた。

流れる時間を止めることはできないけれど、夜明けまではまだ少しある。

あとがき

月村　奎

こんにちは。お元気でお過ごしですか。

お手にとってくださって、ありがとうございます。

なんと今回、生まれて初めての続きものです。最初で最後かもしれないこんな貴重な経験を、よりにもよってこの話でさせていただくことになるとは……。

実は一話目のお話は、デビュー前に書いた投稿作なのでした。もうかれこれ六年くらい前になるのでしょうか。

作品の拙《つたな》さは言うまでもありませんが、なによりも、長い物語の冒頭のようにしか見えないこんなものを投稿することからして非常識というもの。しかも自分的にはこの話はこれで完結しているつもりでおりました。

そもそも小説の書き方なんてまるで知らず（それは今も…）、プロットなど作りもせずにその場の思いつきで書き散らしていたので、どこが結末かなんて自分でも全然わかっていなかったのです。当然ですがこれは没《ぼつ》になりました。

その後、思いがけない幸運でこのような場で小説を書かせていただけるようになりました。けれど、プロットも作れない場当たり人間としては、仕事の依頼をいただいても、ストックなどまるでない状態。そこで唯一《ゆいいつ》のストックともいえるこの話のパーツをバラして使い回しました。

わけありげな男女の双子《ふたご》、アイドルばりの人気作家、長女体質のおさんどん少年、などなど。ただでさえ中途半端な話な上に、そんなわけですっかりダシガラとなってしまったものをいまさら皆様のお目にかけてよいものか、正直なところちょっと悩みました。

でも、変色したコピー原稿を久しぶりに読み返してみたら、誰に読んでもらえるあてもなく、ただ一人夢中でワープロに向かっていた無欲の（あるいは逆にとても貪欲《どんよく》だった）自分を思い出して、これはこれでまあいいかと思えてきたのでした。

六年前の私は、色々なことに行き詰まってもがいていました。文章を書くことは、逃避であると同時に、自分にとっての癒《いや》しでもありました。時間をさかのぼれるものなら、当時の自分のところに行って、トンネルはいつか抜けられると教えてあげたいです。もっとも一度抜けたところで、また次のトンネルが待ち構えているのが人生というものなのでしょうが。

というわけで（??）、現在、悩んだり壁に突き当たったりしている方々。今は徒労にしか思えないことが、案外今後の人生の糧《かて》となり伏線《ふくせん》となっていくかもしれないです。挫折《ざせつ》や失敗はある意味貴重なストックと言えるのかも。……いや、本編を読んでくださった皆様には、やはり挫折は挫折であることが露呈《ろてい》しているかもしれないので、私がそんなことを言うのもまったくおこがましい話ですが。

最後に、このお話を拾ってくださった新書館ディアプラス編集部様に心からお礼申し上げます。とりわけ担当の斎藤さん、いつもごめんなさい&ありがとうございます。今後ともどうぞよろしくお願いいたします。

当たり前のことですが、六年前にこの話を書いた時には、こんな素晴らしいイラストをつけていただけるなんて、想像もしませんでした。埃《ほこり》をかぶった物語に息を吹き込んでくださった二宮《にのみや》悦巳《えつみ》様、本当にありがとうございました。もしもこの話が少しでも皆様にお楽しみいただけたとすれば、それは二宮さんのイラストのおかげです。

一巻というからには、まだ続きがあるわけです。といってもあと一冊か二冊の予定ですが、もうしばらくお付き合いいただけるとありがたいです。

よろしかったら、ご意見ご感想などお聞かせください。続編を書く際の参考にさせていただきます。

この本が出るのは、ちょうど受験や卒業などの節目の季節ですね。変化がある方にもない方にも、よい春でありますように。

二〇〇一年　十二月　二十五日

D E A R + N O V E L

秋霖高校第二寮《しゅうりんこうこうだいにりょう》 1

この本を読んでのご意見、ご感想などをお寄せください。
月村 奎先生・二宮悦巳先生へのはげましのおたよりもお待ちしております。
〒113-0024 東京都文京区西片2-19-18 新書館
[編集部へのご意見・ご感想] ディアプラス編集部「秋霖高校第二寮 1」係
[先生方へのおたより] ディアプラス編集部気付 ○○先生

初　出
秋霖高校第二寮：DEAR+ 2001年5月号
The phantom of the dormitory：書き下ろし
夜明けまであと少し：書き下ろし

新書館ディアプラス文庫

著者：**月村 奎** [つきむら・けい]
初版発行：**2002年 2 月25日**

発行所：**株式会社新書館**
[編集] 〒113-0024 東京都文京区西片 2-19-18 電話(03)3811-2631
[営業] 〒174-0043 東京都板橋区坂下 1-22-14 電話(03)5970-3840
[URL] http://www.shinshokan.co.jp/
印刷・製本：**図書印刷株式会社**

定価はカバーに表示してあります。乱丁・落丁本はお取替えいたします。
ISBN4-403-52054-5

S H I N S H O K A N